KAMA SUTRA
- EN **24** PASOS -

Manual I

Manual II

Manual III

HELENA ACOSTA

Kama sutra en 24 pasos Tomo I
Manual I
Manual II
Manual III

Helena Acosta

Kama sutra en 24 pasos Tomo I
Manual I
Manual II
Manual III

Helena Acosta

Editado por: ACOSTA ars
Impreso por CreateSpace

Diseño cubierta y maquetación: Sara García y Nune Martínez

ISBN Primera edición 978- 84-616-7805-1
ISBN Segunda edición: 978-84-942511-4-6

Manual I

Cuni masutra ♀♂

Seca masutra ♀♂

Toy masutra ♂♀

Manual II

Fela masutra ♂♀

Car masutra ♀♂

Toy masutra ♀♂

Manual III

Valentine masutra ♀♂

69 masutra ♀♂

Cine masutra ♀♂

A todos vosotros, porque sin lectores no hay autores, porque gracias a vuestras críticas y a vuestro aliento, que nos sirven de alimento, nos ayudáis a seguir escribiendo, a pesar de los que se permiten el lujo de robarnos impunemente porque, si bien no lo parece, el pirateo es un delito y está penado por la ley.

A Mony, quien en una ocasión me retó a redactar un manual que pusiera las cosas fáciles al que quiera hacer un cunnilingus, pero le viene grande y no sabe por dónde empezar..., aunque imagino sí dónde acabar.

«Debe ser tan sencillo como las instrucciones de montaje de un mueble de esos "hazlo tú mismo"», me dijo. Recogí el guante, me puse a ello y el resultado es esta serie de manuales con instrucciones en veinticuatro pasos para diversos encuentros sexuales. Esta es la primera entrega.

Para quitarle hierro al asunto y que no sea todo seriedad, he añadido unos relatos cortos que versan sobre cada uno de los encuentros.

Además, os garantizo que aquí no sobran ni faltan tornillos o piezas, así que manos a la obra y a por múltiples, felices y sublimes orgasmos.

Nota al lector

Recomendación: Practique siempre SEXO SEGURO.

Puesto que no todos vamos a usar la misma forma de prevención de enfermedades de transmisión sexual o embarazo no deseado en nuestras relaciones sexuales, estas no se han incluido en el manual, pero cada uno debe hacerlo en el modo adecuado a su persona.

Los pacientes con cardiopatías severas deberán consultar a su cardiólogo sobre el uso de este método o la posible adaptación del mismo en función de su patología y la severidad de la misma.

Anotaciones, experiencias propias.

Este es el título que encontrará al final de cada una de las instrucciones para que cada cual pueda plasmar todo aquello que le parezca.

A lo largo de la obra verá los siguientes símbolos ♂♀ que corresponden a ♀ mujer ♂ hombre.

ÍNDICE

Manual I 21

El Ashmolean 23

La entrevista 35

Celia no está 49

Manual II 63

16M de colores 65

El susurro 79

La balsa 95

Kama sutra

Del sánscrito *kāma*: placer sexual y *sūtra*: hilo, frase corta (aforismo sobre la sexualidad).

Es un antiguo texto hindú que trata del comportamiento sexual humano. Fue escrito por Vatsiaiana en el periodo Gupta, entre el 240 y el 550 d.C. Es considerado el trabajo básico sobre el amor en la literatura sánscrita.

Lo componen treinta y seis capítulos ilustrados, con cerca de siete temas diferentes que muestran sesenta y cuatro artes o formas de hacer el amor.

Erótica

Del lat. *Erotĭcus*, y este del gr. Ἐρωτικός.

1.adj. Perteneciente o relativo al amor sensual.
2.adj. Que excita el apetito sexual.
3.adj. Dicho de una poesía: amatoria (relativa al amor).
4.adj. Dicho de un poeta: que cultiva la poesía amatoria.
5.f. Poesía erótica.
6.f. Atracción muy intensa, semejante a la sexual, que se siente hacia el poder, el dinero, la fama, etc.

(Definición de la Real Academia Española).

Pornografía

De pornógrafo (Del gr. Πορνογράφος).

1.f. Carácter obsceno de obras literarias o artísticas.
2.f. Obra literaria o artística de este carácter.
3.f. Tratado acerca de la prostitución.

(Definición de la Real Academia Española).

Muy breve historia de la literatura erótica

La literatura erótica es un género literario relacionado, directa o indirectamente, con el erotismo y el sexo. Cuando las escenas sexuales son realmente muy explícitas se conoce como literatura pornográfica.

La pornografía es la descripción explícita de los placeres carnales. El erotismo es lo mismo, pero revalorizado, en función de una idea romántica del amor o de la vida social. Es aquello que vuelve el cuerpo deseable, lo muestra en todo su esplendor, su belleza; es un juego placentero.

El erotismo y el sexo han formado parte de la sociedad y la cultura desde el principio de los tiempos. A menudo la literatura erótica ha sido sometida a censura por ser considerada algo reprobable y pecaminoso.

En la literatura erótica antigua se habla principalmente de la unión entre lo divino y lo terrenal, los cultos a la fecundidad, el falo, la heterosexualidad, el sexo oral y el lesbianismo.

Los primeros escritos de literatura erótica se remontan a la Grecia Antigua, en torno al 400 a.C., todo y que en el Egipto Antiguo ya había papiros que mostraban escenas eróticas.

Entre los siglos II y I a.C., ya abundaba la literatura erótica en la Antigua Roma, así como en la Antigua China.

En el siglo IV d.C., apareció en la India el *Káma sutra*, el más famoso y universal de los manuales de sexualidad, y más tarde, hacia el siglo XV o XVI, el *Ananga Ranga*, con una serie de consejos para evitar la monotonía en el matrimonio e impedir la separación entre hombre y mujer.

En general la Edad Media fue una época difícil para el erotismo y la sexualidad. La literatura se vio también influida por ese hecho, aunque sobre el siglo IX surgió, procedente de Oriente Medio musulmán, *Las mil y una noches*, que trata el tema de la infidelidad.

Con la llegada del Renacimiento la literatura erótica cobró cierta importancia en Italia. Giovanni Boccaccio escribió el *Decamerón* (1353), que narraba las hazañas de los monjes que seducían monjas en los conventos. El libro fue prohibido en muchos países durante siglos. En Inglaterra se dieron ocho órdenes de destrucción del libro entre 1954 y 1958.

En la Península Ibérica, en el Siglo de Oro español, *La Celestina* cuenta los aconteceres de una alcahueta. Durante el siglo XVI aparecen en Francia algunas de las obras maestras del género, como *Pantagruel* (1532) y *La Vie très Horrifique du Grand Gargantua* (1534) de Rabelais, que parodian los excesos del amor sensual y el libertinaje.

En el siglo XVII comenzaron a circular numerosos ejemplos de literatura pornográfica y erótica, impresos la mayoría en Amsterdam y pasados de contrabando a los demás países europeos.

De esa época es el Don Juan, personaje masculino seductor y osado que nunca encuentra satisfacción plena en sus conquistas, embarcándose una y otra vez en la tarea de la seducción, renunciando al amor.

Durante la Ilustración, desde finales del siglo XVII hasta el inicio de la Revolución francesa, muchos librepensadores empezaron a explotar la pornografía como medio de crítica y sátira social; vendían historias e ilustraciones a menudo anticlericales, llenas de sacerdotes, monjes y monjas indecorosos. Durante y tras la Revolución se imprimieron las famosas obras del Marqués de Sade como *Los 120 días de Sodoma o Justine*.

La respuesta inglesa a esto fueron *las Memoirs of a Woman of Pleasure*, más tarde abreviadas y retituladas como *Fanny Hill* escritas en 1748 por John Cleland.

Hacia el siglo XIX surge una nueva corriente, el Romanticismo, que idealiza el dolor y el sufrimiento psíquico, así como el amor pasional. Esta nueva corriente lidiaba a menudo entre lo permisible y lo prohibido. Aún sin llegar a la obscenidad de épocas anteriores, la literatura erótica más salvaje continuó en el siglo XIX. Leopold von Sacher-Masoch escribió *La venus de las pieles* (1870), donde sienta las bases de lo que después se conocerá como masoquismo, en honor a su apellido.

En 1928 D.H. Lawrence escribió *El amante de Lady Chatterley*, que narra la relación adúltera de una mujer con un sirviente durante la ausencia de su marido, destinado al frente en la Primera Guerra Mundial.

En España *El Caballero Audaz* fue un célebre y exitoso escritor de novelas eróticas de principios de siglo que ya entonces se hizo millonario.

Henry Miller escribió *Trópico de Cáncer* (1934) y *Trópico de Capricornio* (1938), prohibidos en múltiples países.

Anaïs Nin fue una de las primeras representantes de la literatura erótica femenina. Conocida por los diarios que cuentan su vida entre los doce años y su vejez (1931-1974), Nin ha tocado multitud de temas eróticos en sus obras, como el incesto, el voyeurismo y el lesbianismo.

Una de las obras clave de la literatura erótica de la segunda mitad del siglo XX es, sin duda, *Historia de O*, de Pauline Réage, ambientada en el mundo BDSM.

A finales del siglo XX y principios de este siglo, los libros eróticos narrados a modo de autobiografía femenina cobran cierta fama, como *Las edades de Lulú*, de Almudena Grandes, o *Diario de una ninfómana* (2003), de Valérie Tasso.

Más recientemente Andrea Acosta publica con éxito *MONSTER* (Nueva edición), novela BDSM ambientada en Estados Unidos que ha recibido excelentes críticas. En ella el «dominante» es al mismo tiempo amante esposo, digno representante de la ley y papi ejemplar. Andrea profundiza y desvela la genuina relación afectiva que existe entre dos seres entregados en cuerpo y alma a su mundo BDSM. Por ello la crítica avezada ha dictaminado que se trata de una obra para sibaritas.

MANUAL I

Cuni masutra ♀♂

Seca masutra ♀♂

Toy masutra ♂♀

EL ASHMOLEAN

—Pero, Zecharia, ¿Quiénes son ellos?

—Los que están al principio de los tiempos.

—Lo siento, no te entiendo.

—No busques comprender, simplemente es así. Son aquellos que llegaron con la creación de la Tierra tras la colisión de **Tiamat** y **Nibiru**.

—De verdad, cariño, que no te sigo. Se supone que este es nuestro viaje de bodas y me metes en un museo lleno de ladrillos de barro, señor arqueólogo.

—Veamos, señora de Bowen, le recuerdo que fue usted la que decidió aprovechar mi beca **Sitchin** de investigación para venirse conmigo y empaparse algo del aire estudiantil de Oxford.

—Usted perdone, señor doctor, será que estoy algo celosa. Le prestas más atención a sus teorías y a las cosas esas llenas de pictogramas que a mí...

—Oye, oye, Nínive, que las cosas esas son algunas de las **tablillas cuneiformes** más importante jamás halladas, y además por algo será que mis padres me llamaron Zecharia.

—¿Cuni qué?

—Cuneiformes, señorita, cuneiformes.

—Pero bueno, señor doctor, tenga usted las manos quietas que estamos en lugar público y es usted un respetable profesional, así que lo dicho: manitas a los lados y explíqueme eso de cuni no sé qué, que no acabo de pillarlo del todo.

—Veamos, es una de las formas de escritura más antiguas. Los **sumerios** fueron los primeros en utilizar pictogramas que dibujaban sobre tablas de arcilla húmeda para transmitir ideas.

—Vaya, vaya, así que la primera escritura.

—Sí, mira, ves esta tabla en forma de prisma, contiene la lista de los primeros reyes y de cuándo reinaron.

—Y dígame, señor doctor, ¿Qué es exactamente eso de cuni...?

—Es usted muy curiosa, señorita, y que yo sepa no ha pagado cuota alguna para una visita con guía privado.

—Bueno, señor doctor, eso tiene fácil arreglo —dijo ella haciendo ademán de acercarse a las partes nobles del experto arqueólogo.

—No, eh, no. Es usted misma la que hace unos minutos comentó que este es un lugar público, no apto para ciertos ejercicios manuales, así que, siendo de lo más altruista y sin cobro alguno, voy a llevarla por esa visita guiada de forma completamente gratuita.

—¿Ah sí? ¿Y eso a qué se debe?

—Digamos que soy un buen profesional y disfruto de documentar a quien se interesa por mi trabajo y de paso, quizás, pueda echar algo de luz a por qué sus difuntos padres, señorita, la llamaron a usted como la llamaron.

—No me hables de Irak, ya te dije que allí no iré nunca por mucho que te hayan ofrecido una plaza de investigación. Estaría recordando constantemente que fue allí, en el yacimiento de Mosul donde los asesinaron.

¿Qué pasa ahora? ¿Por qué baja tanto la intensidad de la luz?

Ya no veo casi nada.

—Tranquila, no te asustes, simplemente avisa que es hora de cierre y que los visitantes tienen quince minutos para dirigirse hacia la salida.

—Vale pues, a qué esperas, que no quiero quedarme aquí a oscuras, que me da mal rollo.

—Tranquila, palomita, aquí está tu caballero andante para protegerte de la oscuridad y de los malos, aunque ya me dirás quiénes son los malos, como no sea que las tablillas se levanten y empiecen a andar.

—Vaya, así que ahora también eres profeta y me vas a salir con eso de... y se hizo la luz.

Efectivamente se hizo la luz, pero una luz mucho más tenue que en horas de apertura del museo. Eran las luces que se mantenían encendidas para que los guardas pudiesen ver lo suficiente al hacer sus rondas de seguridad.

—Ya ves, el poder está en mí y como investigador del **Ashmolean** te conmino a seguirme.

La cogió de la mano, la llevó a otra sala donde había todavía más tablillas de esas en un expositor bajo, de esos de cristal encajado, y poniéndose en su faceta más profesional se inclinó sobre ellas empezó de nuevo a glosar y apuntando hacia una en particular...

—Probablemente de todas las tablillas cuneiformes esta es la que...

Nínive, que había quedado tras él, se acercó y le susurró al oído algo así como «¿Dijo usted cuni, ...cuni?» a la vez que alargaba su brazo derecho por la cintura de Zecharia y hasta más al sur.

Cualquiera se resiste a un acercamiento de este tipo y menos un recién casado ante su amada, así que se giró y ambos se besaron pegando sus cuerpos el uno contra el otro. Con la intensidad del abrazo quedaron recostados sobre el expositor. Esta vez fue Zecharia quien susurró al oído de Nínive:

—No, no dije cuni, dije cunei, pero la que cuni dice cuni tiene.

La levantó y se separó, la giró para que fuera ella quien quedara de espaldas al expositor, le alzó la pierna derecha a la vez que la recostaba suavemente sobre el cristal del mismo. Metió la mano por entre los pliegues de la falda para quitarle la exigua prenda que llevaba por tanga.

Nínive cerró los ojos y se dejó llevar por la situación. Sin apenas darse cuenta tenía a Zecharia metido bajo su falda como si de una tienda de campaña se tratara.

—Oh, oh, oh, cariño, ¿qué,… qué haces?

Llegó un sonido lejano camuflado por la ropa.

—Paso de tablillas, ahora me ocupo de lo cuniforme.

Y Nínive notó cómo tomaban posesión de su concha. Toda, toda ella golosamente metida en la boca de Zecharia.

Glosario

Tiamat y Nibiru: planetas pertenecientes al sistema solar según los sumerios.

Nínive: posible emplazamiento de los míticos jardines colgantes de Babilonia. Ciudad asiria cercana a Mosul en Irak. Ciudad edificada por el rey Nimrod, bisnieto de Noé en el Génesis.

Zecharía Sitchin: autor de varios libros pseudocientíficos que promueven la teoría de los antiguos astronautas, el supuesto origen extraterrestre de la humanidad, la cual atribuye la creación de la cultura sumeria a los Annunaki, que procederían del planeta Nibiru que supuestamente existiría en el sistema solar.

Tablillas cuneiformes: los habitantes de Mesopotamia, a fines del IV milenio a.C., y los sumerios inventaron este medio de comunicación mediante tablillas de arcilla que eran grabadas con un punzón.

Sumerios: se pueden considerar como la más antigua civilización del mundo, sobre el 3500 a.C. Se localizó más al sur de la antigua Mesopotamia, entre los ríos Tigris y Éufrates, próximos a la desembocadura de ambos ríos en el Golfo Pérsico.

El Ashmolean: museo de arte y arqueología situado en Beaumont Street, Oxford, Inglaterra. Es el primer museo universitario de cuya creación se tiene noticia. Su primer edificio fue construido entre 1678 y 1683 para albergar la colección de Elias Ashmole, que este donó a la Universidad de Oxford en 1677.

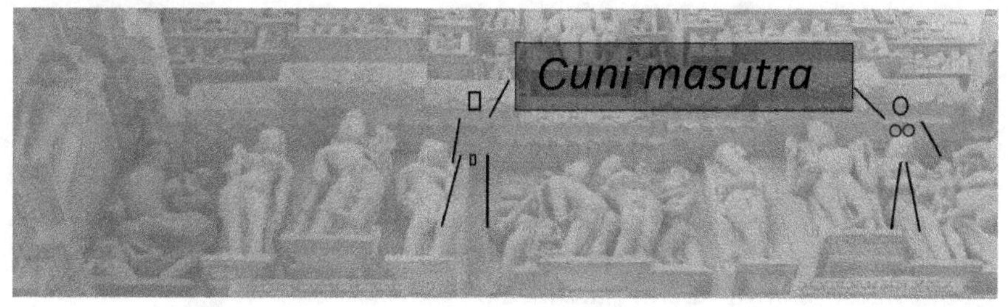

Condiciones *Cuni masutra*

Producto: relación sexual.
Forma: *cunnilingus*, masturbación oral femenina.
Contenido:
—sujeto A (A en el texto): hombre o mujer hacedor (con lengua hábil), activo.
—Sujeto B (B en el texto): mujer receptora, pasiva.
Lugar: cualquiera.
Ambiente: el que se preste.
Condiciones: tensión sexual suficiente y confianza absoluta por parte de B para que A pueda proceder con libertad.
Posición: aquella en la que ambos estén cómodos, teniendo en cuenta que A deberá poder acceder a los genitales de B con la boca. Para principiantes se recomienda que B esté estirada boca arriba.
Objetivo primario: obtener el orgasmo del sujeto B.
Efectos secundarios[1]:
—Posible adormecimiento del sujeto según descarga.
—Posible felación al sujeto A.
—Posible *69 masutra* entre ambos sujetos.
—Posible coito entre ambos sujetos.
Contraindicaciones: los pacientes con cardiopatías severas deberán consultar a su cardiólogo sobre el uso de este método o la posible adaptación del mismo en función de la severidad de su patología.

....
1. Estos son solo algunos de los más frecuentes efectos secundarios, aunque se pueden dar otros.

Instrucciones *Cuni masutra*

Téngase en cuenta que las siguientes instrucciones o pasos a seguir no son más que una de las muchas propuestas que se pueden dar a fin de llevar a cabo un **Cuni masutra**, es decir, un *cunnilingus* tipo lengua profunda con garantía de éxito:

1. Habiéndose obtenido las condiciones adecuadas para el **Cuni masutra**, se procede por parte del sujeto A a activar los genitales en estado flácido del sujeto B mediante:
   - Caricias en el torso con la punta de los dedos de la mano derecha. En caso de estar vestida se le retira la ropa en esa zona o se pasa la mano por debajo.
   - Leves mordiscos y suaves lengüetazos en los lóbulos de las orejas.
   - Posicionar la palma de la mano izquierda en su muslo izquierdo y proporcionar suaves caricias circulares alternando con el otro muslo, rozando la zona genital sin llegar a tocarla.
2. Si la ejecución del número uno es correcta, los pezones de B estarán en fase de «alerta», empezarán a inflamarse y a perder su flacidez debido al flujo creciente de sangre a ellos. Este es el momento en que A debe acercar sus caricias hacia los genitales y simplemente posicionar la palma encima de ella, sin producir presión alguna. Si B está vestida o lleva ropa interior, A notará cierta tensión. Si no la llevara, A no solo notará, sino que verá un cambio de tonalidad y abultamiento en los labios mayores, así como un ligero aumento de grosor en la zona del clítoris.
3. A intensificará los mordiscos y lametones llevándolos hacia la boca de B, quien probablemente busque darles respuesta. No se lo permita, juegue con ese deseo redirigiéndose hacia otra zona.
4. Ponga la palma izquierda directamente sobre la zona genital, sin presión alguna, simplemente déjela allí. En caso de que llevara ropa es el momento de meter la mano por dentro y contactar piel con piel. Obtendrá una respuesta de sorpresa y aumento de tensión. Deposite pequeños besos en torno a los labios de B, quien abrirá la boca.
5. Introduzca entonces la lengua en su boca y busque la lengua

de B, pero no le permita tomar la iniciativa; en cuanto esta intente responder con la suya, retírese y pase a besar y lamer el pecho de B, pero sin incidir en los pezones, como mucho hágalo por las areolas. En caso de que llevara ropa, hágalo primero por encima de la misma para luego, con la mano derecha retirarla y seguir directamente en contacto piel con piel. Siga acariciando el torso con esta mano o, si los senos fueran muy voluminosos, úsela para sujetarlos y así trabajar más cómodamente con la lengua.

6. Conforme obtenga respuesta de B, es decir, note más tensión en su cuerpo y rigidez en la zona vaginal e incluso profiera alguna palabra, palabrota o sonido placentero vaya bajando las caricias de la mano derecha hacia la zona genital hasta ponerla más abajo que la palma izquierda, mientras que esta empieza a moverse rítmicamente y en círculos sobre ella.

7. La boca también irá bajando por el torso de B, sin dejar de besar y lamer hasta llegar a la linde del vello púbico o monte de Venus. Si se trata de un primer encuentro y A al llegar al objetivo se entera de que la rubia que acaba de conocer no es tal, no se preocupe, lo demás sí suele ser auténtico, así que allí se detiene y lo rodea primero hacia el muslo derecho, que perfila con la nariz y punta de la lengua para luego volver atrás y hacer lo propio hacia el muslo izquierdo. En función de la postura podría ser complicado seguir trabajando con las manos, en cuyo caso A puede ponerlas en las nalgas de B o bien aflojar la presión y simplemente dejarlas reposar en la zona genital de B.

8. No vuelva hacia la zona de vello púbico, sino que vaya a colocar su nariz sobre el periné, entre ano y entrada vaginal, para luego pasear alrededor y encima de toda la zona genital.

9. Cuando esté encima del clítoris, lámalo para luego absorberlo en su boca unos segundos, repitiendo la operación tanto con los labios mayores como con los menores. Puede ayudarse presionando las nalgas de B hacia usted con la palma de sus manos.

10. Toda la zona debe estar ya completamente en tensión y pulsante. Acaricie la zona del periné con el índice de la mano derecha. Repita la operación cuatro veces, a la vez ejecuta cuatro veces el punto número 10.

11. Este es el momento de introducir dicho dedo en la vagina de B asegurándose de no dañarla con las uñas. Hágalo poco a

poco y solo hasta la mitad.

12. Deje el dedo quieto y baje la boca por encima del dedo. Abra la boca sin tocar, exhale sobre la zona.

13. Obtendrá un movimiento de palpitación sobre el dedo, saque entonces la lengua y con la punta pasee por el interior de los labios mayores a la vez que vuelve a mover el dedo lentamente hacia fuera y hacia dentro de la vagina ejerciendo una leve presión. Hágalo lentamente cuatro veces.

14. Retire el dedo y sustitúyalo por la lengua. Pasee por las paredes interiores de la vagina tres veces, muy lentamente, a la vez que acaricia el clítoris con el índice de la mano derecha.

15. Retire la lengua, póngala debajo del erecto clítoris y presione hacia arriba seis veces seguidas a la vez que inserta los dedos índice y corazón de la mano derecha en la vagina, moviéndolos ligeramente doblados hacia arriba, rozando la pared vaginal de dentro a fuera, a ritmo con la lengua.

16. Modifique el movimiento de los dedos y hágalos girar en la vagina a la vez que con la boca succiona clítoris y los labios mayores, mientras la lengua se mueve de forma rítmica entre el clítoris y la vagina tres veces.

17. Saque los dedos y con ellos friccione la zona del periné e introduzca la lengua lo más profundamente posible en la vagina. Al hacerlo la boca enmarcará los labios mayores, succione el todo tres veces. Para ayudarse puede mover ambas manos tras las nalgas de B y así profundizar más en su cavidad.

18. Al terminar la primera secuencia de tres paseos, repita los números 13 al 18, a cuyo final B debe estar más que preparada para el orgasmo. Este se percibe de varias formas:

    • B puede decirlo. Ambos sujetos pueden haber llegado a un acuerdo previo para ello.

    • B puede emitir sonidos que lo anuncien.

    • Se suele producir rigidez en todo el cuerpo de B.

19. Si no se diera ninguna de estas circunstancias, repita las secuencias 15 a 18 hasta percibirlas.

20. A la percepción de lo descrito en el punto 19, uno o varios supuestos, repita el número 18 de forma continuada, aumentando la rapidez de movimientos y la presión hasta notar distensión en la musculatura de las nalgas y zona genital, así como convulsiones continuadas y rápidas.

21. Es importante estar preparado para la posible recepción de crema e ir tragando conforme esta va entrando en la boca.

Reduzca el ritmo de sus movimientos, pero no deje de pasear por el clítoris hasta asegurarse de que el orgasmo es pleno, tras el cual la zona genital deja de convulsionar rápida y rítmicamente e irá haciéndolo de forma cada vez más distanciada y pausada.

22. Mantenga el clítoris unos segundos en su boca, amamantándose de él. De esta forma alargará el orgasmo. Relaje la presión de sus manos sobre las nalgas y acaricie el torso de B con ellas.

23. Cuando note que B se relaja del todo, puede abrazarla y dejarla descansar unos minutos tras los cuales:

24. Es el momento en que B puede convertirse en A y dar lugar a una nueva búsqueda de placer.

Aunque son minoría, existen sujetos B para los que un orgasmo no es suficiente o simplemente quieren más. En ese caso, se podrá proceder a otro *cunnilingus* o a otra técnica sexual.

Anotaciones, experiencias personales.

LA ENTREVISTA

¡Será posible! Para una entrevista que consigo y tiene que ponerse a llover, y yo con mis mejores galas: traje chaqueta de falda tubo gris marengo; blusa de seda blanca; medias de seda negra, de esas clásicas de costura trasera bien recta, y *last but not least*, mis *Stilettos* favoritos. Todo un pimpollo. Bien peinada y arregladita, con maquillaje *vintage* a los años 50, tan de moda otra vez. Además, tiene que ser una baza el haber aprovechado los seis meses de paro para perfeccionar mi inglés con el **British Council** en Londres. Vamos, que no hay ni entrevista ni un buen puesto de trabajo que se me resista.

A ver, espera, yo siempre llevo paraguas en el bolso, sí, uno de esos chiquitos de emergencia. ¿Dónde se habrá metido?

Vale, sí, ya lo tengo. A ver, fuera la funda, le doy al resorte y... ya está, abierto.

Bueno, pase, unas gotitas de agua no hacen daño a nadie, así que voy derechito a la parada de bus, no hay tiempo que perder. Tengo que dar buena imagen y llegar con tiempo a la entrevista. Encima, mi nariz me dice que voy a tener suerte. Por fin voy a volver a incorporarme al mundo laboral y en un cargo de lo más interesante.

Anda, mira, el **69**, mi línea, y justo a tiempo. Bien, hasta hay sitio para sentarse.

Pero vamos a ver, hombre de Dios, que podría ser tu madre. Quieres dejar de comerme con los ojos. No, si ya sé que para ser cuarentona, y morenaza de origen napolitano, aún prometo; pero, vamos, que no. «Pezqueñines» ¡no!

¿Lo llevo todo en su sitio? Qué pregunta más estúpida, pues claro que sí; pero es que hay cada salido suelto... A que me bajo aunque tenga que caminar más. ¡Pues no se está relamiendo el muy capullo! No se hable más, me bajo en la próxima parada, me bajo en Châtelet.

Merde! Se me había olvidado que llovía... ¿Y ahora qué? Nada, a abrir el paraguas otra vez y a caminar, que total es pronto y no me queda nada para llegar hasta Rivoli-Pont Neuf. Incluso puedo pasar por el lavabo y acicalarme en un café cercano antes de presentarme en el bufete Delormeau.

Mala idea, empieza a llover a base de bien —**porco governo**—, y para colmo arrecia el viento. Un taxi, será cuestión de ir mirando a ver si pasa algún taxi.

Esto de caminar mirando para atrás para parar un taxi es un verdadero engorro.

Ay, Dios, ahora sí que sí. Capullo, hijo de la Gran Bretaña, pero, pero habrase visto cómo me ha puesto rodando por ese charco. No, si encima se larga... Mucho **Vel-Satis V6**, pero se larga... Ah, no, ralentiza, parpadean los intermitentes de peligro; se para, la puerta trasera se abre...

—Señorita, le ruego nos disculpe. Mi chófer es la cosa más inepta que haya podido encontrarse...

—Tengo..., tengo una entrevista de trabajo dentro de nada y mire cómo voy. ¿Cómo me presento así?

Pues, sabes, este hombre tiene un no sé qué...

—Por favor, no se quede ahí, suba, que por lo menos la llevemos a una tintorería donde le sequen la ropa. Es lo mínimo que puedo hacer por usted.

—Pero es que no lo conozco... —aunque lo cierto es que no puedo presentarme así en ningún lado y no parece peligroso. Es más, tiene ese no sé qué de los hombres maduros.

—Por favor, no me haga ese feo. No me haga sentir culpable si pierde usted ese puesto de trabajo.

—Está bien, sea pues, pero no tengo demasiado tiempo.

—Basilio, llévanos a la primera tintorería que veas.

—Sí, señor. Estoy seguro de que hay una un poco más adelante, doblando la esquina.

Madre, cómo estoy poniendo el asiento. Si es que estoy chorreando. La falda se me ha pegado como una segunda piel. O mucho me equivoco o me está recorriendo con la mirada. No, nada sucio, puro interés. Grandes y sutiles ojos azul acero. ¿Me tapo?, ¿cómo? Intento doblarme la solapa de la chaqueta, aunque con poco éxito, así que el «ojos azules» acaba por soltar una carcajada. Ya, ya, ¿qué voy a tapar con eso?

—Señor, aquí tiene usted una lavandería, yo voy a ese parking que hay allí delante. Pero, cuidado, es una de esas tintorerías de monedas, de hágalo usted mismo.

—Está bien, no pasa nada, no tenemos tiempo de andar con remilgos, ¿verdad, señora?

—Pues, pues... —qué condenadamente guapo que es el tío, es que no puedo decirle que no—. No, por supuesto, si no me será imposible llegar a tiempo a la entrevista.

Vaya sitio, pequeño, oscuro pero calentito, lleno de máquinas de lavar, secar, planchar...

—Tendrá que desvestirse para que podamos cargar una secadora. Tenga, quítese el traje y la blusa, póngase mi chaqueta para taparse por si viniera alguien.

Y es que encima es un galán. Está cachas y todo, ¿y ese bulto en el pantalón?

—Permítame...

¿Me acaba de aupar encima de la máquina? Sí, sí, y ahora, ¿me levanta la pierna izquierda? Oh, sí, fuera zapato. Esas manos firmes, masculinas y sensuales que suben hacia la liga, la desabrocha, enrolla la media a la vez que me la va quitando. El otro pie, fuera zapato, las manos hacia arriba, en busca y captura de la otra liga. ¡Ummm, qué bien huele!

—Permítame un segundo.

Abre la máquina, mete mi traje, blusa, medias, cierra, mete una moneda y la pone en marcha. Empieza un suave «run run» y una agradable vibración bajo mis nalgas. Se incorpora, me mira, mira mi sujetador, que entre sale de su chaqueta, que por supuesto me va grande, muy grande.

Pero qué bien huele, debe de ser **Le Male Terrible...**, y qué ojos.

La chaqueta se abre del todo, se desliza sobre mis hombros y cae. Él se acerca todavía más, las manos detrás de mi espalda, el sujetador se abre y mis piernas se cierran alrededor de su cintura cual potentes alicates. Sus manos agarran mis cachas y me acercan a él hasta que nuestros cuerpos se juntan, para que luego todo siga a ritmo del «run run» de la secadora.

Glosario

British Council: fue fundado en 1934. Es la organización internacional del Reino Unido dedicada a la educación y la creación de oportunidades y vínculos internacionales para los ciudadanos británicos y de otros países.

Bus 69: es una línea urbana ideal para turistas, ya que tiene parada en muchos sitios emblemáticos de París.

Porco governo: expresión italiana que achaca cualquier inconveniente al gobierno de turno.

Vel-Satis V6: turismo del segmento E producido por Renault entre el 2001 y el 2009. Mide 4.860mm y dispone de motores de entre 2 y 3,5 litros de cilindrada, con 150 hasta 241CV.

Le Male Terrible: el macho terrible. *Eau de Toilette Extrême*, de Jean Paul Gaultier.

Condiciones *Seca masutra*

Producto: relación sexual.
Forma: felación, masturbación, *cunnilingus*, coito.
Tipo: mutua.
Contenido:
—Sujeto A (A en el texto): mujer, con lengua y manos hábiles. Activa.
—Sujeto B (B en el texto): hombre, con capacidad eréctil, lengua y manos hábiles. Activo.
Lugar: aquel donde haya acceso a una secadora y se pueda sentar encima o, en su defecto, una lavadora (secadora en el texto).
Ambiente: el que se preste.
Condiciones: tensión sexual suficiente como para obtener una erección tanto por parte de A (clítoris, entendido como micropene) como de B.
Posición: varias a lo largo del encuentro, pero en principio la hembra sentada sobre la secadora y el varón de pie frente a ella.
Objetivos:
—Obtener el clímax de A mediante su orgasmo.
—Obtener el clímax de B mediante su eyaculación.
Efectos secundarios[2]:
—Según descarga, posible adormecimiento de ambos sujetos.
—Posible felación o *cunnilingus* a los sujetos.
Contraindicaciones:
—Diferencia de estatura que no permita la introducción del pene de B en la vagina de A estando esta sentada sobre la secadora.
—Peso de A superior al que pueda soportar la máquina.

---

2. Estos son solo algunos de los más frecuentes efectos secundarios, aunque pueden darse otros.

Los pacientes con epilepsia deberán consultar a su neurólogo sobre la conveniencia del uso de este método en sus encuentros sexuales.

Instrucciones *Seca masutra*

Téngase en cuenta que las siguientes instrucciones o pasos a seguir no son más que una de las muchas propuestas que se pueden dar a fin de llevar a cabo un ***Seca masutra*** entre hombre y mujer:

1. Habiéndose obtenido las condiciones adecuadas para el ***Seca masutra***, estando ambos sujetos de pie y mirándose, se procede, por parte de A, a activar el pene en estado flácido de B mediante:

    - Leves mordiscos y suaves lengüetazos en los lóbulos de las orejas.

    - Caricias con la punta de los dedos de la mano derecha en la pechera. En caso de estar vestido, se le retira la ropa en esa zona o se pasa la mano por debajo.

    - Colocación de la palma de la mano izquierda en su muslo izquierdo y se le proporcionan suaves caricias circulares alternando con el otro muslo, rozando la zona genital, pero sin llegar a tocarla. Se procede a hacer lo propio por parte de B hacia A siguiendo la secuencia del número 1 para activar los pezones y la zona genital.

2. Si la ejecución del número 1 es correcta, el pene del sujeto B deberá estar en fase de «alerta», es decir, debe empezar a inflamarse y perder su flacidez debido al creciente flujo de sangre hacia este. Lo mismo sucede con los pezones de A, que se tensan y se vuelven turgentes, así como sus labios mayores que se engrosan y oscurecen. Este es el momento en que tanto A como B deben acercar sus caricias hacia la zona genital del otro y simplemente posicionar la palma encima de ella, pero sin producir presión alguna. Si B lleva pantalón o ropa interior, A notará un abultamiento; si no la llevara, A no solo notará, sino que verá dicho abultamiento sin la ayuda de una lupa. Si A lleva pantalón o ropa interior, B notará un engrosamiento y cierto calor; si no la llevara, B no solo notará, sino que verá dicho engrosamiento a la vez que cierta humedad en los labios mayores.

3. A debe intensificar los mordiscos y lametones llevándolos hacia la boca de B, quien probablemente busque darles respuesta. No se lo permita, juegue con ese deseo redirigiéndose hacia otra zona. B debe intensificar los mordiscos y lametones llevándolos hacia la boca de B, quien

probablemente busque darles respuesta. No se lo permita, juegue con ese deseo redirigiéndose hacia otra zona. Háganlo ambos varias veces y de forma simultánea hasta permitir confluir ese deseo y besarse profunda y profusamente.

4. A debe aprovechar para cerrar su palma sobre el pene de B. En caso de que llevara ropa es el momento de meter la mano por dentro y hacer contacto piel con piel. B a su vez pondrá la mano en forma de cuchara alrededor de la vulva de A. En caso de que esta llevara ropa, meterá la mano por debajo para tener contacto piel con piel.

5. Ambos sujetos masajearán los genitales del otro a base de rítmicas y suaves presiones de la palma puesta sobre ellos.

6. Si el masaje es correcto, la situación pedirá que ambos sujetos se desnuden de forma alterna y vayan profiriéndose suaves besos en las zonas libres de ropa. En caso de no llevarla, obviamente saltarán este punto.

7. Una vez libres de ropa, ambos acariciarán con la mano derecha el pecho del otro con movimientos concéntricos en dirección al abdomen y hasta los genitales, presionando de nuevo sobre estos para volverlos a masajear como en el punto número 5.

8. A bajará la cabeza por el torso de B sin dejar de besarlo y lamerlo hasta llegar a la linde del vello púbico. Allí se detendrá y lo rodeará primero hacia el muslo derecho, que perfilará con la nariz y la punta de la lengua para luego volver atrás y hacer lo propio hacia el muslo izquierdo. Para facilitar la ejecución es conveniente que se ponga de rodillas y coloque las palmas, una a cada lado de los glúteos de B. Mientras A ejecuta este punto, B acariciará la parte del cuerpo de A que le vaya quedando más cerca, como cabeza y espalda.

9. A repetirá el número 8 una segunda vez para luego incorporarse lentamente y seguir el cuerpo de B con la lengua, dándole besos hasta llegar a su boca.

10. B recibirá la lengua de A y jugueteará con ella a la vez que la succiona y rodea a A con sus brazos hasta colocar las palmas sobre sus nalgas. Irá intensificando las caricias sobre las nalgas para luego bajar por su pecho y succionar alternativamente sus pezones. Seguirá bajando hasta quedarse de rodillas, pasándole las manos por las caderas y acercándosela de forma que pueda lamer su pubis intensamente.

11. Los genitales de A se irán engrosando y B aprovechará

entonces para bajar hacia ellos y lamer directamente la zona del clítoris. Antes de que la cosa se ponga demasiado peligrosa, A, que habrá estado acariciando la cabeza y hombros de B mientras este trabajaba «sus bajos», lo instará a que vuelva a ponerse de pie.

12. B se girará, se pondrá detrás de ella, la abrazará y friccionará los pechos mientras A se ocupa de mantener erguido su propio clítoris mediante suaves masajes con la mano derecha, y le hace lo mismo al pene de B con la izquierda.

13. En esta posición, A guiará a B hasta quedar frente a la secadora y, abandonando su clítoris, la pondrá en marcha —aquí hay que precisar que cuanto más vieja sea la secadora, mejor, porque vibrará más. No digamos ya una lavadora de carga frontal de la marca XY. Si la suya es demasiado nueva, tal vez encuentre una en algún desguace que todavía funcione; no para lavar, pero sí para su sesión de *Seca masutra*—. B aprovechará la postura e instará a A para que coloque ambas manos sobre la secadora y, puesto que él estará frente a ella, podrá masturbarse a la vez que roza su pene contra y entre las nalgas de A, a la que masturbará con la otra mano.

14. A se girará y quedará de cara a B. Ambos se abrazarán y besarán profusamente mientras rozan los genitales del uno contra el otro.

15. Cuando A note el pene de B pulsante dejará de abrazarlo, bajará por su torso y lamerá directamente sus genitales, empezando por debajo del escroto, con movimientos circulares para ir acercándose al pene.

16. A acariciará la largura del pene de B con la nariz desde su nacimiento hasta el prepucio y de vuelta hacia atrás un par de veces, para luego repetir la operación con la lengua dos veces más.

17. En la cuarta repetición A terminará en el prepucio y allí abrirá la boca a su alrededor, pero sin tocarlo. Solamente exhalará sobre él. A obtendrá un movimiento de presión en el pene, cerrará entonces la boca suavemente sobre el prepucio procurando tener los labios por delante para no dañar a B con los dientes. Se moverá muy lentamente de fuera hacia dentro tres veces hasta el nacimiento del pene. En caso de que fuera físicamente imposible llegar a él por el tamaño del falo siempre puede ladear un poco la cabeza de forma que este termine de entrar en su mejilla y no hacia su

glotis, cuestión que le produciría unas inoportunas náuseas.

18. B se liberará de la boca de A, la incorporará para cogerla por la cintura y sentarla frente a sí, sobre la secadora, pero muy cerca del borde. Se agachará ligeramente, A pondrá los pies sobre los hombros de B y este irá directo a su vulva, donde paseará la lengua muy lentamente tres veces de forma lateral y luego circular por el clítoris para luego introducirla entre los labios menores lo más profundamente posible y succionar a la vez toda la vulva otras tres veces.

19. En este punto, A estará más que preparada para recibir a B, quien sustituirá su lengua por el pene, que introducirá en ella muy lentamente. Según la elasticidad de A, o bien mantendrá los pies sobre los hombros de B o bien irá pasando las piernas por detrás de estos conforme él vaya entrando en ella, mientras ambos se besan profusamente. El hecho de hacerlo lentamente supone darle tiempo a ella para adaptarse al tamaño de él y a ambos para controlarse y no dejarse llevar por el deseo.

20. Al hacer tope el uno contra la otra, B y A se tomarán unos segundos para disfrutar de ello y del placer que produce la vibración de la secadora en marcha. Tras lo cual, B colocará las palmas por detrás de las nalgas de A, cosa que le ayudará a moverse dentro de ella y a A le permitirá encajarse entre sus pectorales mientras él empieza a salir, pero sin abandonar del todo la calidez de su vulva, para luego entrar rítmicamente en su canal, de forma rápida y contundente. Tras unas cuantas embestidas, cuya cantidad decidirá la propia pareja, B deberá estar más que preparado para una pronta eyaculación, al igual que A para el clímax. Esto se percibe de varias formas:

    • Tanto A como B lo pueden verbalizar. Ambos sujetos pueden haber llegado o no a un acuerdo previo para ello.

    • Tanto A como B pueden emitir sonidos que lo anuncien.

    • El pene de B puede dejar escapar pequeñas gotas de semen anterior a la eyaculación. A puede dejar escapar cierta crema por la hendidura vaginal.

    • Se suele producir rigidez en todo el cuerpo tanto de A como de B.

    • El pene de B adquiere aún mayor tensión que hasta el momento, y uno o ambos testículos suelen moverse dentro del escroto. Los labios mayores de A adquieren un grosor máximo y se humedece toda la zona.

21. A la percepción de lo descrito en el número 20, en uno o varios avisos, ambos sujetos aumentarán la rapidez de movimientos y presión a la vez que pasarán a besarse profusamente, hasta que B perciba como sube el semen por el conducto seminal y se dispara en el interior y A note como se tensan el clítoris y los labios mayores, que convulsionan de forma rítmica y continuada alrededor del pene de B mientras se produce el orgasmo de ambos.

22. Es importante que A esté preparada para la recepción del semen; reducirá el ritmo de sus movimientos, pero no dejará de moverse hasta asegurarse de que la eyaculación sea total. Esto es así cuando el pene se queda flácido y no hay más expulsión de semen. B deberá a su vez estar pendiente de las convulsiones de A para acompasarse al orgasmo de ella, que por lo general suele ser más largo y así prolongar al máximo el clímax de ambos.

23. Ambos se recostarán sobre un hombro del otro. B apagará la secadora mientras se besan suave y cariñosamente hasta que el pene ahora flácido se deslice fuera de la vulva.

24. Este es el momento en que tanto B como A pueden ir hacia una nueva búsqueda de placer mediante otras prácticas sexuales o la repetición de la anterior.

Aunque son minoría, existen sujetos B cuyo pene no queda flácido tras la eyaculación. Esto permitiría un segundo *Seca masutra* o bien otra técnica sexual. Por otro lado, hay sujetos A, mujeres, también minoría, con capacidad multiorgásmica, para quienes sería más satisfactorio seguir siendo trabajadas hasta obtener tantos orgasmos posteriores como deseen.

Anotaciones, experiencias personales.

CELIA NO ESTÁ

Sabe Dios por qué había aceptado cubrir a su compañera Maca esa tarde de viernes... ¡Con lo que le alegraban un par de horas de *jogging* por las dunas de la playa!

Si es que lo suyo no eran los niños, no podía con ellos y menos con las mocosas en plena «*tontolescencia*». Esas, menos que ningún otro, ni cobrando el doble por la consulta. Hoy encima le había tocado una a quien Maca había tenido que colocarle unas gomas de ortodoncia en un degradé de color arco iris, pero cuando se las había visto en el espejo la niñata dijo que no le gustaban. Se las había tenido que cambiar por otras de color verde fosforito.

Carlos le advirtió que tendría que pagar el segundo cambio de gomas y doble consulta, pero la nena contestó «qué más da, total paga papá». Vamos, todo un angelito de criatura, de esas que al poco tiempo seguro se convertirán en una verdadera y repelente calienta braguetas.

Para colmo, como no era paciente suya, no le quedó otra que callar y aguantarse, teniendo además que perderse el buen café, las galletas y el chismorreo de las cinco en el *office*.

Terminó justo a tiempo con la consulta de las cinco y media, así que para no molestar a las chicas, que estaban acabando el café, salió él mismo a ver qué pacientes quedaban, ya que Celia aún no había llegado, algo muy raro siendo ella siempre tan puntual. A ver si aparte de Maca le tocaría sustituir también a Celia y adiós playa. Entreabrió la puerta y vio la sala de espera prácticamente vacía, si no fuera por un hombre mayor y un *pibón* de aspecto carioca que acababa de posar los ojos en él. Las miradas cruzadas fueron muy intensas, y Carlos tardó más de la cuenta en darse la vuelta.

Cierto es que la madre naturaleza había sido más que generosa con él y le había dotado con los enormes ojos aceituna de su madre, la piel tostada y el cabello ondulado negro azabache, que llevaba recogido en un moño alto. De su padre tenía la estatura, la corpulencia y el porte norteño. Todo ello aderezado con su impoluta bata blanca. Vamos, un estupendo partido para cualquiera que buscase pareja.

Parecía que él tampoco le había pasado inadvertido al *pibón*, pero Carlos volvió a su *box* y se entretuvo asegurándose de que todo el instrumental estuviera en su sitio para cuando llegase Celia. Estaba ensimismado en sus pensamientos cuando entró Rada, la auxiliar.

—Carlos, ven a la recepción, tienes a Celia al teléfono.

—Dime, Celia, ¿qué pasa?

—Me han dado por detrás, bueno, desgraciadamente a mí no..., al coche, porque el tío está pero que muy bueno. Hubiera preferido que lo que destrozara ese golfo no fuese la trasera del Golf... Estaba mirando arriba a un gran póster, distraído por la chica del Wonderbra..., y yo parada ante el semáforo en rojo... Por favor atiende a la señorita de Souza que debe de estar esperando en la salita.

—No te preocupes, Celia, hago la sustitución; ahora la dental y, si quieres..., esta noche la otra.

—Carlos, no te hagas ilusiones, ya veremos...

La verdad es que después del día de lo más aburrido que había tenido, las miradas cariocas y las palabras de Celia le habían levantado algo más que la moral.

—Rada, ve a buscar a la paciente.

—Aquí la tienes. La señorita Dalia de Souza es una de las pacientes habituales de Celia. Te he traído la ficha.

Se giró y le dio las gracias al tiempo que se daba cuenta de que la señorita de Souza era nada menos que el *pibón* de la sala de espera.

—Y dígame, señorita de Souza, ¿en qué puedo serle útil?

—Bueno, verá, Celia me puso un implante de carga inmediata hace una semana, pero tengo molestias con el frío y el calor.

¡Qué voz, qué melodía, qué ojos, Dios, y qué piernas! ¿Qué le estaba pasando? ¿Por qué sentía aquel cosquilleo allí abajo? Ya no era un adolescente de pito ardiente, hacía mucho que eso había quedado atrás. No estaba falto de sexo y, sin embargo, esa mujer acababa de ponerle a mil. ¿Sería la fragancia que desprendía?

—Doctor, ¿me escucha? ¿Le pasa algo?

Se había quedado embobado, como alelado, pero la voz de Dalia le devolvió a la realidad.

—Mire, en principio no tiene por qué ser nada, simplemente se está asentando el implante. A veces suceden estas cosas. De todos modos si le parece vamos a mirar. Tome asiento si es tan amable.

Dicho y hecho, Dalia se sentó en el sillón, estiró las piernas y apoyó la cabeza en el cabezal tras Carlos colocarle el babero protector de papel. Desde aquel ángulo se le veían unas piernas increíblemente largas y esbeltas, una delantera que para qué contar y su fragancia, su fragancia le estaba volviendo loco. Intentó parecer lo más profesional posible, se colocó en el lateral de la paciente, le pidió que abriera la boca y empezó a examinar el implante. Menos mal que llevaba la bata cerrada que si no...

Dalia estaba más que acostumbrada a este tipo de reacción en los hombres. A ella también le hacía «tilín» el señor doctor por lo que aprovechó la situación, acercó sutilmente su mano derecha a la zona de su ingle y como quien no quiere la cosa rozó la prominencia que allí se hallaba. Justo en ese momento, Rada metía la cabeza por la puerta del box.

—Carlos, ya que no viene Celia si no te importa me marcho. Aquel señor mayor solo había venido a pedir hora, así que la señorita de Souza es la última paciente de la semana.

—De acuerdo, Rada, puedes marcharte. Ya cierro yo.

Estaba de espaldas a ella y se lo dijo sin girarse para no delatar la embarazosa situación inguinal...

«Le dolerá la garganta» pensó Rada al oírle cierta voz de pito. Le dio las gracias, deseó buen fin de semana a ambos y salió escopeteada. Se puso el abrigo y se marchó.

A Carlos le parecía que cierta mano se estaba apoderando de la delantera de su pantalón. Sacó la espátula de la boca de Dalia, pero antes de poder decir nada ella le comentó picarona:

—Así que estamos solos, doctor. Páseme mi bolso que quiero sacar un pañuelo.

Pero sacó un cepillo de dientes, de esos eléctricos, lo puso en marcha y empezó a trabajar los bajos del dentista.

—Señora...

—Señorita, si no le importa.

—Señorita, pues, sabe usted que esto no es precisamente un uso de los más ortodoxos.

—No me diga, pero a que no le importa a usted demasiado.

—Pues la verdad...

—Póngase en mis manos.

—¿En sus manos? —Le medio chistó él mientras ella se afanaba en bajarle la bragueta.

—Sí, en mis manos. Tome usted asiento en mi lugar. Yo voy a ser la doctora.

La vibración del aparatito en su bajo vientre le estaba volviendo todavía más loco. Carlos la agarró por la cintura, la levantó y sin soltarla se dejó caer en el sillón, pero por primera vez en su vida no para que cuidasen de su boca.

El cepillo de dientes había caído al suelo y al no haberse parado giraba lentamente sobre sí mismo.

Condiciones *Toy masutra* ♂

Producto: relación sexual.

Forma: estimulación manual con ciertos objetos y agua. Masturbación.

Tipo: masculino.

Contenido:

—Sujeto A (A en el texto): mujer (con lengua hábil). Activa.

—Sujeto B (B en el texto): hombre (con capacidad eréctil). Activo o pasivo.

—Pluma de ave grande, más bien del plumón, que es más suave al tacto, de compra en sexshops, grandes almacenes, bazares, etc.

—Polvos de talco comestibles. Los hay de distintos sabores, como fresa o cereza, de compra en sexshops, Internet, etc. Debido a su composición, la mayoría produce sensación de calor y son vasodilatadores; por lo tanto, potencian las sensaciones.

—Cepillo de dientes a pilas con cabezal nuevo y cerdas suaves o bien espumadera de cóctel a pilas con cabezal nuevo.

Lugar: cualquiera donde puedan estar desnudos, en posición horizontal y sin pasar frío, así como una bañera con ducha tipo teléfono.

Ambiente: el que se preste.

Condiciones: tensión sexual suficiente como para obtener una erección.

Posición: ambos sujetos se verán en distintas posturas durante la relación, desde ambos de pie a estar B tumbado bocarriba.

Objetivo primario: obtener el clímax de B mediante su orgasmo y eyaculación.

Efectos secundarios[3]:

—Posible adormecimiento de B según descarga.

—Posible *Cuni masutra* ♀ para ella.

—Posible coito entre ambos sujetos.

—Posible *Toy masutra* ♀ para ella.

Contraindicaciones: tener intolerancia o alergia a alguno de los *gadgets* propuestos. Cabe la posibilidad de utilizar elementos similares que no produzcan respuestas adversas.

---

3. Estos son solo algunos de los más frecuentes efectos secundarios, aunque se pueden dar otros.

Instrucciones *Toy masutra* ♂

Téngase en cuenta que las siguientes instrucciones o pasos a seguir no son más que una de las muchas propuestas que se pueden dar a fin de llevar a cabo un ***Toy masutra*** ♂ para él, entre hombre y mujer, con garantía de éxito.

Habiéndose obtenido las condiciones adecuadas para el ***Toy masutra*** ♂ , deben tenerse a mano tanto cepillo de dientes o espumadera como pluma y polvos de talco, luego se procede como sigue:

1. Ambos sujetos, vestidos y de pie, el uno frente al otro se besan mientras B activa la zona genital de A mediante caricias varias sobre la zona por encima de la ropa con la mano izquierda, mientras con la derecha hace lo propio sobre los pechos de tal forma que se activen y se yergan los pezones. De forma simultánea A, activará el pene en estado flácido, o ya no del todo, mediante caricias con la punta de los dedos de la mano izquierda sobre la pechera, por encima de la ropa. La mano derecha en su muslo izquierdo le proporcionará suaves caricias circulares alternando con el otro muslo, rozando la zona genital, pero sin llegar a tocarla.

2. Si la ejecución del punto número 1 es correcta, el pene de B deberá estar en fase de «alerta», es decir, debe haberse inflamado y perdido mucha flacidez debido a su flujo creciente de sangre. A se acercará a B hasta que sus genitales, todavía bajo la ropa, hagan contacto y se rocen el uno contra el otro, a la vez que ambos sujetos se acarician mutuamente la espalda hasta llegar donde esta pierde su casto nombre. Allí aprisionarán las nalgas del otro en las palmas.

3. La tensión y abultamiento de B se hará más notable. A podrá por tanto liberar dicha erección abriendo la bragueta del pantalón de B. En caso de llevar calzoncillo, sacará tanto el pene como el escroto para luego quitarle esa molesta prenda y hacer lo propio con la camisa, camiseta u otras prendas que pudiera llevar, teniéndolo ya como Dios lo trajo al mundo y pudiendo apreciarlo en toda «su grandeza» para regocijo de A. Lo mismo sucede con los pezones de A, que se habrán tensado y vuelto turgentes, así como sus labios mayores, que se habrán engrosado y endurecido. B aprovechará, una vez liberados sus genitales, para ayudar a A a liberarse de la blusa, el

jersey, el vestido o la ropa que le cubra el torso y, en caso de llevar sujetador, pasar los pechos por encima de la tela y así poder acceder a ellos directamente.

4. A intensificará los besos con mordiscos y lametones moviéndose por el cuello a B, pero sin llegar a la boca, y a la espera de lo que haga B. B también intensificará los besos con mordiscos y lametones por el cuello, llevándolos hacia la boca de A, quien probablemente busque darles respuesta. No se lo permitirá, jugará con ese deseo redirigiéndose hacia otra zona. Lo hará varias veces hasta permitir confluir ese deseo y entonces besarse profunda y profusamente.

5. Simultáneamente al punto número 4, A colocará su palma derecha sobre la zona genital de B, quien a su vez pondrá la mano izquierda en forma de cuchara sobre la vulva de A y ambos sujetos masajearán los genitales del otro a base de rítmicas y suaves presiones de la palma puesta sobre ellos.

6. Tras ello, A bajará a lametones hacia los pectorales de B para acariciar alternativamente sus pezones con movimientos circulares con la punta de la lengua sobre las areolas. Atenderá el pezón libre con la mano derecha a base de pequeños pellizcos y tirones. B colocará su mano izquierda en la nuca de A dándole masajes acompasados a sus movimientos. Repetirá el proceso tres veces en cada pezón.

7. Al término de dichas repeticiones, los pezones de B estarán completamente erguidos y tensos. A le pedirá a B que le desabroche el sujetador y le ayudará a liberarse de él en el caso de que lo llevara. Después, B se estirará bocarriba mientras que A quedará en perpendicular y de rodillas a su lado.

8. B adoptará una postura completamente pasiva. A espolvoreará sus pezones y areolas con el talco que habrá guardado a mano para la ocasión. Tras los pectorales, A bajará hacia el ombligo de B, que también llenará de talco.

9. A cogerá luego la pluma y la paseará sobre el pecho derecho de B sin emitir presión alguna, con movimientos circulares de fuera hacia dentro terminando sobre el pezón, donde se atareará un poco más para luego repetir lo mismo en el pecho izquierdo.

10. Al terminar, paseará la pluma entre ambos pechos y desde allí bajará hacia el ombligo, donde con ella hará que el talco se esparza a su alrededor para luego volver a subir y dejarla entre ambos senos.

11. A sustituirá la pluma por su lengua y, empezando alrededor del ombligo con movimientos circulares de fuera hacia dentro, sustituirá y terminará dentro de este. Irá lamiendo y besando a B para eliminar el talco. Al quedar sobre el ombligo, donde habrá más polvo concentrado, probablemente deba meter la lengua e incluso sorber la zona para eliminarlo del todo. Deberá recordar que en todo momento B tendrá una actitud pasiva. En caso de no ser así, A deberá detener su actividad y recordárselo.

12. Al terminar, A subirá hacia el rostro de B y, cogiendo la pluma, le acariciará la boca para luego besarlo y con la lengua hacer que él la abra y así que pueda disfrutar también del sabor de los polvos de talco.

13. Cuando A perciba que B responde de forma activa al beso, abandonará su boca para ir hacia sus pechos y repetirá el punto número 9, pero esta vez con la lengua, lamiéndolo y besándolo.

14. Cuando A termine de eliminar a B los polvos, volverá a pasear la pluma sobre su pecho y bajará por su torso para llegar al nacimiento del vello del pubis, donde se atareará acariciándolo sobre toda la zona de vello con la pluma con cuatro pases completos, pero sin llegar a tocar el pene.

15. Paseará luego alternativamente por las piernas de B tres veces, desde el dorso del pie izquierdo hasta la pelvis, pero sin tocar el pubis, para pasar hacia la pierna derecha por la que bajará hasta llegar a la punta de los dedos del pie derecho y volver a hacer el trayecto a la inversa.

16. Al término de las repeticiones, A volverá a usar el talco, que con mucho cuidado esparcirá sobre el prepucio de B, para luego retirarlo a lametones con la punta de la lengua, pero sin introducir el pene en su boca en ningún momento.

17. Tras ello, A pondrá en marcha el cepillo o espumadera en su velocidad más lenta, en caso de que la herramienta tuviera varias. Llegados a este punto, recomendamos a los aficionados al bricolaje se abstengan de utilizar destornillador o taladro, aunque sean modelos a batería recargable, no vaya a ser que se olviden de quitar la correspondiente broca..., aunque sea esta tan solo para madera y no para metal o piedra. Con él paseará ejerciendo una muy suave presión sobre los pectorales de B. Primero lo hará sobre el pecho izquierdo y luego, sobre el derecho con movimientos circulares de fue-

ra hacia dentro tres veces hasta llegar a un pezón, donde se quedará mientras con la otra mano pellizca el pezón de la otra tetilla.

18. Al terminar la tercera repetición, sobre la tetilla derecha bajará con la herramienta por el esternón hasta llegar al nacimiento del vello del pubis, seguirá hacia la derecha y hacia abajo a ras de la ingle para, tras abrirle un poco la entrepierna, situar la herramienta justo por debajo del escroto sin llegar a tocarlo. Aquí, en la zona del perineo, ejercerá una presión ligera e intermitente a la vez que mueve el instrumento en pequeños círculos.

19. Si así lo manifestara B, puede acercar más aún la herramienta hacia la zona anal y allí repetir la segunda parte del punto número 18. Naturalmente, hay que preguntárselo primero, ya que no todos los sujetos B agradecen dicha estimulación. Con o sin estimulación anal, el siguiente paso consiste en el uso de la herramienta directamente sobre el pene. Se posicionará por debajo, en su nacimiento, por encima del escroto. Formando pequeños círculos, irá subiendo muy muy despacio hasta llegar al glande, a cuyo alrededor dejará trabajar a la herramienta tres veces para luego ponerla directamente sobre el meato, orificio por el que se orina y eyacula.

20. Una vez sobre el meato y de forma intermitente, presionará la herramienta hacia abajo cuatro o cinco veces para luego hacer lo propio, pero con la lengua, mientras mantiene la herramienta en marcha, en contacto con el nacimiento del pene, justo por encima del escroto.

21. Una vez completada la secuencia con la lengua, A tomará posesión de todo el glande metiéndolo en su boca y cerrándola alrededor, para luego crear un movimiento de succión mientras la punta de la lengua se pasea a su alrededor de forma circular durante unos treinta segundos.

22. Tras ello, A dejará huérfano el glande, y la herramienta repetirá la segunda parte del número 19. Una vez sobre el meato, volverá a la posición inicial mientras la lengua trabaja a modo de espejo con respecto a la herramienta por el otro lado del pene. Repetirá dicha operación tres veces.

23. Tras la tercera repetición, apartará la herramienta, pero sin pararla, y seguirá paseando con la lengua por el nacimiento del pene hacia abajo, sobre el escroto, para posicionarse encima de un testículo y, poniendo los labios alrededor, con

un movimiento de succión se lo meterá en la boca. Repetirá dicha acción tres veces para luego pasar al otro testículo, repetir lo anterior y luego volver a subir haciendo el camino inverso hasta llegar al glande.

24. Una vez sobre el glande, A se lo volverá a meter en la boca, repetirá el punto número 20 y simultáneamente llevará a cabo el 19 con la herramienta. Cuando note que B se tensa y que el pene adquiere su máxima extensión, abandonará el glande, se mantendrá a una mínima distancia, pero sin tocarlo, mientras sigue trabajando arriba y abajo con la herramienta hasta que B eyacule. Recoja el semen con la lengua para luego tragárselo. Asegúrese de seguir trabajando con la herramienta hasta que B haya terminado de eyacular y luego apáguela para recostar su cabeza sobre el torso de B mientras se recupera. Luego, tanto B como A pueden ir hacia una nueva búsqueda de placer, siempre y cuando el cuerpo aguante, mediante alguna que otra práctica sexual como por ejemplo el *Toy masutra* ♀ para ella.

Aunque son minoría, existen sujetos B con capacidad multiorgásmica para quienes es necesario seguir trabajando para conseguir más orgasmos.

Anotaciones, experiencias personales.

MANUAL II

Fela masutra ♂♀

Car masutra ♀♂

Toy masutra ♀♂

16M DE COLORES

Habían acabado la construcción hacía poco más de dos años, pero se estaban detectando casos de **lipoatrofia semicircular** en algunos de los empleados que trabajaban allí. La verdad es que la cosa empezaba a ser preocupante y quizás la solución pasaría por mejorar el sistema de humidificación volviendo, además, a los materiales de origen vegetal para el mobiliario de oficina.

Nadie se había imaginado que los componentes de un edificio podrían ser causa de enfermedad. Parecía que en este caso sí lo eran, por lo que llamaron a Bafols Arquitectos Asociados. Esos prestigiosos especialistas en edificios problemáticos determinaron que sí, que efectivamente se daban factores suficientes en la estructura del edificio como para que ello estuviera detrás de los dieciocho casos de lipoatrofia diagnosticados hasta la fecha.

La torre de catorce plantas había sido proyectada para convertirse en el símbolo de esa ciudad de tamaño medio a orillas del mediterráneo, por lo que al edificio lo habían bautizado con el nombre de *El Faro*. Ergo, la empresa más importante de la población no podía permitirse que siguieran enfermando más empleados.

Por su parte, Bafols había colaborado en varios países de Extremo Oriente y hacía seis meses que se había traído a Barcelona, con un contrato de dos años, a Jia Li Huang, una joven arquitecto de 25 años que había sido número uno de su promoción en la School of Architecture and Urban Planning de la Universidad de **Ghuangzhou**.

Jia Li estaba muy comprometida con el tema de la ecología y por eso Bafols le asignó el caso de *El Faro*. Además, ella ya había trabajado en varios asuntos similares, así que asumió con agrado la responsabilidad de dirigir el proyecto para la eliminación de los factores físicos y ambientales causantes de la enfermedad.

Bafols padre había decidido nombrar al menor de sus hijos, Llorens de 22 años, como ayudante de Jia Li. De ese modo, en tanto que novato recién salido de la facultad, el joven podría foguearse con un caso real al lado de alguien experimentado.

Era de suma importancia que la gravedad del asunto no saliera a la luz pública, así que de cara a la galería se vendió el tema como una preparación para la obtención del **certificado de medio ambiente ISO 14100.**

En todas las plantas se instalaron difusores de humedad y muebles que por su especial diseño de formas redondeadas y materiales de fibras naturales no eran captadores de electricidad estática. Encajaban a la perfección respondiendo a los nuevos requisitos, pues no resultaban nocivos para quienes trabajaban allí. El mobiliario anterior les había costado una fortuna y por eso lo aprovecharon colocándolo en otro de sus edificios que, por sus características estructurales, no provocaba la enfermedad. Donde fue posible se instalaron jardines verticales en paneles fabricados a medida. Poco a poco fueron convirtiendo un edificio que enfermaba a sus ocupantes en uno sano y más hermoso todavía.

Por fuera ya lo era bastante, pero ni Jia Li ni Llorens habían tenido tiempo de pararse a observar y disfrutar de su belleza desde hacía semanas por lo agotadora que había sido la tarea de supuesta preparación para la ISO. Habían sido muchas horas de trabajo, duro y agotador, para convencer al cliente de la necesidad de cada mejora, pues se trataba de conseguir nuevos fondos para cambiar algo que, a priori, se veía bien y estaba casi nuevo.

Tanto Jia Li como Llorens vivían en Barcelona, a unos 180 kilómetros de *El Faro*. Habría sido absurdo recorrer casi 400 kilómetros cada día, por lo que Bafols había alquilado a principios de abril dos habitaciones en un hotel cercano, al otro lado de la plaza Mayor y a tan solo cien metros, justo frente al edificio que ellos a veces llamaban «el enfermo».

Los dos jóvenes habían estado trabajando a menudo en la gran terraza-bar instalada en la azotea del hotel. Desde allí tenían una visión perfecta para plantear, preparar e implantar cambios y mejoras. Todo ello los acercó, los hizo casi íntimos, sobre todo porque, además, Llorens procuraba ayudarla al máximo con el aprendizaje del castellano. Lo más difícil para Jia Li era lo de pronunciar la «r». Le costó Dios y ayuda dejar de pronunciar «Llolens», aunque al final lo logró. Pero en alguna que otra conversación volvía a salir la «l» en vez de la «r».

A Llorens ese primer trabajo seguramente le ayudaría a recuperarse de una relación sentimental difícil y tormentosa, rota quince días antes, con una compañera de estudios. Por su parte, Jia Li tenía a alguien esperándole en casa, aunque a 8.000 kilómetros. No podía permitirse querer a nadie que no fuera Shang-Ti. ¿Qué diría su familia allá en China? ¿Y la gente? Sería la comidilla de ese pueblo no muy grande si se atreviera a dejar plantado nada menos que al hijo del alcalde. A ninguno de los dos se les había ocurrido nunca tener algo más que una relación puramente laboral, al margen de la amistad que había surgido al desayunar, comer y cenar juntos. Habían acabado sabiendo casi todo el uno del otro y esa cercanía resultaba muy agradable.

Sin embargo, era finales de mayo, el proyecto había concluido con éxito y eso significaba no volver a verse durante meses, porque Bafols había decidido desplazar a Jia Li a Pontevedra para ocuparse de un asunto igual de problemático.

La separación tan próxima despertó en ellos aquello que, sin saberlo, había ido creciendo en su interior. El pensar que dejaría de verla era una verdadera tortura para Llorens y no iba a permitirlo, iba a hacer lo imprescindible para que estuviera siempre con él. A lo sumo, eso debería ser únicamente una despedida provisional, quería conquistarla definitivamente y por eso planificó una velada muy especial.

Llorens era un enamorado de la historia y, sobre todo, de la arquitectura, asignatura que conocía muy bien. Se había acostumbrado a fijarse en aquellos pormenores que escapan incluso a los ojos de los más avezados, así que el joven había preparado la jornada con esmero y minuciosidad.

Un sábado llevó a Jia Li a ver todos aquellos lugares de Barcelona que en su día habían servido de inspiración al arquitecto de una determinada torre. Lo que podría parecer una casualidad era en realidad una estratagema muy pensada y calculada. Llorens pretendía que Jia Li retuviese en su retina la forma básica de todos aquellos lugares, la singular forma del último edificio que tenía planeado admirar a la hora del ocaso.

A la caída de la noche, la tenía sentada en una terraza privada alquilada para la ocasión, al otro lado de la plaza de las Glorias, y juntos pudieron admirar como poco a poco la gran torre se llenaba de color, de muchos más colores que el arco iris, de miles de tonos distintos. Jia Li estaba extasiada y él aprovechó para impartir una clase de historia haciéndole saber que en realidad no eran miles los tonos, sino millones: dieciséis millones de colores podían surgir del sistema de iluminación del edificio; *diffraction* era al fenómeno que lo hacía posible.

—*Diffraction* de **Yann Kersalé** —añadió—, aunque en lo que a mí respecta *distraction* no es lo que tú eres para mí. Eres mi única y vaporosa nube de color, suave como la seda, mi propia musa ondeante, no puedo imaginar la vida si no es contigo.

Jia Li no sabía ya ni qué pensar ni qué mirar, aunque poco importaba porque Llorens acababa de solucionarlo por ella. Se le plantó delante y, enmarcado por el aura de mil colores de la torre, le dijo que ella le había devuelto la alegría, había despertado al hombre, al macho que había en él, que volvía a sentirse deseado y que de nuevo quería ser amado.

—Llolens, Llolens, yo... yo estoy muy agladecida a tu padre por habelnos enviado a areglal la torre *El Falo*, sabes...

—Jia Li, ¡Ay, Jia Li, cómo te quiero!, ponte de lodillas y arregla también el mío...

Glosario

Certificado de medio ambiente ISO 14100: es un estándar internacional de gestión ambiental.

Diffraction: ver Yann Kersalé.

Lipoatrofia semicircular: trastorno de la grasa subcutánea que se suele manifestar con un hundimiento en la cara anterior y lateral de los muslos y, a veces, de los antebrazos. Aunque la causa concreta sigue siendo desconocida, los campos eléctricos, magnéticos, la humedad relativa, la electricidad estática, los hábitos posturales y los muebles metálicos juegan un papel muy importante en este fenómeno.

Ghuangzhou: cantón. Con más de tres millones de habitantes, es la capital de la provincia homónima al sur de China.

Yann Kersalé: artista conceptual francés creador del sistema de iluminación *Diffraction* de la Torre Agbar de Barcelona entre otras obras. Lo define como «una vaporosa nube de color que busca el efecto *moiré*».

Condiciones *Fela masutra*

Producto: relación sexual.
Forma: felación.
Tipo: garganta profunda.
Contenido:
—Sujeto A (A en el texto): hombre o mujer hacedor con lengua hábil. Activo.
—Sujeto B (B en el texto): hombre receptor con capacidad eréctil. Pasivo.
Lugar: cualquiera.
Ambiente: el que se preste.
Condiciones: tensión sexual suficiente como para obtener una erección de A.
Posición: aquella que mejor se preste al objetivo.
Objetivo primario: obtener el clímax del sujeto A por eyaculación.
Efectos secundarios[1]:
—Posible sueño de A según descarga.
—Posible felación o *cunnilingus* a B.
—Posible 69 entre ambos sujetos.
—Posible coito entre ambos sujetos.

---

1. Estos son solo algunos de los más frecuentes efectos secundarios, aunque pueden darse otros.

Instrucciones *Fela masutra*

Téngase en cuenta que las siguientes instrucciones o pasos a seguir no son más que una de las muchas propuestas que se pueden dar a fin de llevar a cabo un ***Fela masutra***, es decir, una felación tipo garganta profunda con garantía de éxito.

1. El sujeto A procede a activar el pene en estado flácido del sujeto B mediante leves mordiscos y suaves lengüetazos en los lóbulos de sus orejas. A la par, el sujeto A acaricia el pecho del sujeto B. con la punta de los dedos de la mano derecha. En caso de estar vestido, le retira la ropa en esa zona o pasa la mano por dentro, posiciona la palma de la mano izquierda en su muslo izquierdo y le proporciona suaves caricias circulares, alternando con el otro muslo y rozando la zona genital, pero sin llegar a tocarla.

2. Si la ejecución del punto número 1 es correcta, el pene de B deberá estar en fase de «alerta», es decir, debe empezar a aumentar de tamaño y perder su flacidez debido al flujo creciente de sangre. Este es el momento en que A debe acercar sus caricias hacia la zona genital y simplemente posicionar la palma encima de ella, pero sin producir presión alguna. Si B lleva pantalón o ropa interior, A notará un abultamiento; si no la llevara, A no solo notará, sino que lo verá.

3. Para A es el momento de intensificar los mordiscos y lametones llevándolos hacia la boca de B, quien probablemente busque darles respuesta. No se lo permita, juegue con ese deseo yendo hacia otra zona.

4. Aproveche para cerrar su palma sobre el pene de B (en caso de que llevara ropa, es el momento de meter la mano por dentro y hacer contacto piel con piel).

5. Obtendrá una respuesta de sorpresa y aumento de tensión. Dé pequeños besos en torno a los labios de B, quien abrirá la boca.

6. Introduzca entonces la lengua en su boca y busque la lengua de B, pero no le permita tomar la iniciativa; en cuanto este intente responder con la suya, retírese, bese y lama el pecho de B. En caso de que llevara ropa, ayúdese con la mano derecha para retirarla y tener mejor acceso a la zona. Si tiene el torso desnudo, puede seguir acariciando la zona.

7. Conforme vaya obteniendo respuesta de B, es decir, note más
    tensión en su cuerpo, rigidez en el pene e incluso profiera
    alguna palabra o sonido placentero, vaya bajando las caricias
    de la mano derecha hacia la zona genital hasta posicionarla
    bajo el escroto, mientras la mano izquierda afloja y tensa su
    presión sobre el pene rítmicamente.
8. La boca también irá bajando por el torso de B sin dejar de
    besarlo y lamerlo hasta llegar a la linde del vello púbico. Allí
    se detendrá y lo rodeará, primero hacia el muslo derecho,
    que perfilará con la nariz y la punta de la lengua, para luego
    volver atrás y hacer lo propio hacia el muslo izquierdo. (En
    función de la postura podría ser complicado seguir trabajan-
    do con las manos, en cuyo caso A puede ponerlas sobre las
    nalgas de B o bien aflojar la presión y simplemente dejarlas
    reposar en la zona genital de B).
9. En este punto no vuelva hacia la zona de vello púbico, sino
    que vaya a colocar su nariz bajo el escroto de B para luego
    pasearla alrededor y encima de este.
10. Cuando esté encima de un testículo, lámalo para luego ab-
    sorberlo en su boca unos segundos. Repita la operación con
    el otro testículo. Puede ayudarse presionando las nalgas de
    B hacia usted con la palma de sus manos.
11. En este punto, el pene debe estar completamente rígido y
    pulsante. Pase del escroto al pene y acaricie la largura del
    mismo con la nariz, desde su nacimiento hacia el prepucio y
    de vuelta hacia atrás. Repita la operación cuatro veces.
12. Haga lo mismo que en el punto anterior, pero esta vez use la
    lengua.
13. En la cuarta repetición termine en el prepucio y allí abra la
    boca a su alrededor sin tocarlo, solo exhale sobre él.
14. Obtendrá un movimiento de pulsión en el pene; cierre en-
    tonces la boca suavemente sobre el prepucio procurando te-
    ner los labios por delante para no dañar a B con los dientes.
15. Colóquese con el mentón en dirección al escroto. Su lengua
    quedará, por tanto, en línea con el conducto seminal de B.
16. Baje y suba con la boca, muy lentamente, tres veces seguidas
    hasta el nacimiento del pene. Si fuera imposible llegar a él
    por el tamaño del falo, siempre puede ladear un poco la ca-
    beza para que este termine de entrar en su mejilla y no hacia
    su glotis, cuestión que produciría unas inoportunas náuseas.
17. Al finalizar el tercer paseo puede volver al punto número 9

y repetir los pasos hasta el 15. En este punto, al colocar la boca, procure sacar un poco la lengua y ejercer presión sobre el conducto seminal.

18. Repita el número 16, pero ejerciendo pequeños movimientos circulares con la lengua sobre el conducto seminal mientras pasea por el pene.

19. En este punto quizás quiera ejercer presión sobre todo el pene. Para ello puede usar una mano, dejando la otra en las nalgas como hasta ahora. Deberá rodear el pene con dicha mano por delante de su boca, el pulgar quedará por el lado del escroto emulando los movimientos de la lengua y acompasándose con el paseo de la boca.

20. Al terminar la primera secuencia de tres paseos, repita los números 9 al 19, a cuya finalización B debe estar más que preparado para una pronta eyaculación. Esta se percibe de varias formas:

  • B lo verbaliza. Ambos sujetos pueden llegar o no a un acuerdo previo para ello.

  • B puede emitir sonidos que lo anuncien.

  • El pene puede dejar escapar pequeñas gotas de semen anterior a la eyaculación.

  • Se suele producir rigidez en todo el cuerpo de B.

  • El pene adquiere aún mayor tensión que hasta el momento, y uno o ambos testículos suelen moverse dentro del escroto.

  • Si no se diera ninguna de estas circunstancias, repita las secuencias anteriores hasta percibirlas.

21. A la percepción de lo descrito en el número 20, uno o varios avisos, repetirá el número 19 de forma continuada, aumentando el ritmo y la presión hasta notar como sube el semen por el conducto seminal y se dispara en la boca.

22. Es importante estar preparado para la recepción del semen e ir tragando conforme va entrando en la boca. Reduzca el ritmo de sus movimientos, pero no deje de pasear por el pene hasta asegurarse de que la eyaculación sea total. Esto es así cuando el pene se queda flácido y no hay más expulsión de semen.

23. Relaje la presión de sus manos en las nalgas y pene y acaricie el torso de B con ellas.

24. Mantenga el pene unos segundos en su boca, amamantándose de él aun estando flácido, puesto que puede darse alguna

pequeña pérdida de semen y así, con ello, da a su vez cierto margen a B para recuperarse del paroxismo sin preocuparse por manchar nada.

25. Este es el momento en que B puede convertirse en A y dar lugar a una nueva búsqueda de placer.

Existen sujetos B, aunque son una minoría, en los que el pene no queda flácido tras la eyaculación y se podría proceder a una segunda felación o bien a otra técnica sexual.

Anotaciones, experiencias personales.

EL SUSURRO

No sabía nada del negocio familiar por muy importante que fuese, ni sabía ni le había interesado nunca. Al ser la única chica y el ojito derecho de papá, él no se lo había exigido tampoco. Por el contrario, cada uno de sus cuatro hermanos gestionaba un departamento distinto del negocio: Proyectos, Producción, *Marketing*, Administración y Finanzas. Papá, en su calidad de **CEO**, dirigía el Consejo de Administración, así que todo quedaba en casa y el traspaso generacional estaba asegurado.

Sin embargo, cuando papá falleció al estrellarse el Learjet volviendo de Houston la apertura del testamento hizo que Paula se viera abocada a aprender el negocio familiar a marchas forzadas. En efecto, su padre quería que la empresa siguiera siendo estrictamente familiar y que Brandon, el mayor de sus hijos, asumiera la dirección general. Este era el gemelo de Paula y ocupaba el puesto de director de *marketing*, cargo que ahora quedaba vacante.

Paula era publicista de profesión, luego parecía que simplemente bastaría con cambiar de producto para ocupar el puesto de su hermano. Ella no tenía ni idea, ni le habían interesado nunca los coches. Tuned Car Company producía series cortas de turismos para clientes muy adinerados y se basaba en el bastidor de una marca generalista mediante acuerdo comercial con ella.

Toda la vida siendo la favorita y, de repente, Paula caía de los altares al más profundo de los abismos. En un primer momento le pareció una broma pesada, pero por otro lado pensó que papá siempre había sabido lo que era mejor para el negocio, así que se despidió de Creative Advertising Corp, se armó de valor y se presentó ante su nuevo equipo sin demora.

¿Otra broma? Sus colaboradores eran..., ¿cuántos?..., cuatro, ocho, doce... Doce hombres y una sola mujer alrededor una mesa de reuniones. ¿A qué sonaba eso? Se acordó de **Sidney Lumet**.

¿Empezaba con mal pie? Eran personas claves en el organigrama, habían venido de las cuatro esquinas de EE. UU. Porque millonarios había muchos, pero ellos debían detectar los que podían ser clientes potenciales.

Su padre le había enseñado a decir siempre la verdad; bueno, casi toda, porque si no tarde o temprano te podían enganchar en una media verdad algo comprometedora. Precisó que siempre había trabajado fuera de la empresa familiar, en publicidad, sí, pero nunca en el sector del automóvil. Su padre había dejado escrito en su testamento que ella debía hacerse cargo del departamento en cuestión y que, como todos sabían, ese hombre siempre apostaba a caballo ganador. Paula les pedía, por tanto, su apoyo y colaboración para no defraudarlo, para que allí donde estuviese pudiera seguir sintiéndose orgulloso de todos ellos. Sobre todo y ante todo, debían demostrar la equivocación de aquellos que habían vaticinado la desaparición de la empresa con la muerte del «gran elefante blanco».

Les conminó a entonar un nuevo grito de guerra y con ese «haremos historia» se los ganó a todos, al tiempo que solicitaba para el viernes de esa misma semana un *update* del departamento y de todos los proyectos que estaban en marcha. Podía no saber nada de coches, pero desde luego de llevar equipos de publicidad y *marketing* sabía un rato.

Al mes y medio de haber lanzado el «haremos historia» y demostrado que era una verdadera líder siempre dispuesta a escuchar, de ser uno más, pero capaz de defender a su equipo ante los demás, recibió una llamada de Peter Holmes, quien se había convertido en su mano derecha. Era sábado por la noche y llegaba de Miami después de una gira por varias plazas importantes. La campaña del nuevo modelo no acababa de convencer a nadie y necesitaba el *OK* de Paula para un cambio de estrategia. Había un acuerdo total sobre el aspecto técnico y estético del coche. Pensaban producir y poder colocar cincuenta unidades con cierta facilidad, por lo que no debían ponerlo todo en riesgo con una campaña publicitaria mal enfocada. No era cosa fácil tratándose de un modelo de prestaciones deportivas, pero muy amplio y cómodo con sus 198 pulgadas de longitud.

Quedaron para esa misma tarde del domingo, en el despacho, ya que el martes siguiente Paula debía presentar las líneas generales del proyecto al Consejo.

—Bien, Peter, soy toda oídos.

—Está claro que necesitamos algo que sea rompedor y más atrevido.

—Al grano, que a mí no tienes que venderme nada. Confío en el equipo, así que dame la propuesta y ya está.

—Bueno, pues, pretendemos lanzar el modelo en Navidad de 2015, ya que el 30 de diciembre se cumplirá el primer centenario de la muerte de Ellie.

—Mis disculpas, pero ya sabes que no sé nada de coches.

—Más que de coches esto va de amantes, así que la combinación puede ser explosiva.

—Ilústrame, que la cosa empieza a interesarme.

—**Eleanor Thornton** fue la amante de **Lord Montagu**, editor de la revista *The Car* allá por 1900, y queriendo dar un toque personal a su Rolls pidió una estatuilla para adornar el capó.

—Y se inspiraron en Eleanor...

—Eso mismo. Su amigo **Charles R. Skyes** esculpió a Ellie, una figurita que se tapa la boca con un dedo, y la llamó *The Whisper*, como símbolo de su amor secreto con Montagu. Más adelante Skyes fue requerido directamente por Rolls Royce para crear un emblema que poner en todos sus coches y Thornton volvió a ser su modelo, porque esta vez Skyes simplemente modificó algo *El Susurro* para crear *The Spirit of Ecstasy*, imagen que recuerda **La Victoria de Samotracia** y que podemos admirar en el Louvre.

—O sea, que nos vamos al Louvre a presentar el coche...

—No, Thornton se ahogó en el hundimiento del *SS Persia* cuando el barco fue alcanzado por un **U-Boot** alemán en la Primera Guerra Mundial. Ella viajaba a la India en compañía de Montagu, quien por el contrario se salvó.

—Y también nos subiremos a un submarino...

—No, creo que podemos tener un gran tirón si vamos más allá, quiero centrarme en los dedos de Ellie tapándose la boca. Los enamorados de la marca bautizaron la estatua como *Ellie in her nightie*. Se me ocurre utilizar ambas cosas para presentar un coche *sexy*...

—*¿Sexy?*

—Mi idea es aprovechar el secretismo de la postura, el *nightie*, o sea el camisón, la noche, la extraordinaria amplitud y comodidad de nuestro nuevo modelo... y los múltiples usos de los coches en general...

—¿Qué quieres decir con lo de múltiples usos?

—Paula, no me seas ingenua, no me digas que no te lo has montado nunca en un coche.

—Pues no, la verdad es que no. Creo que debe de ser de lo más incómodo...

—¡Oye, tú, en nuestros coches no!

—Pues no sé, ya te dije que de coches yo nada de nada.

—El nuevo modelo, gracias a sus doce cilindros, es muy silencioso, por eso pretendemos llamarle.

—*The Whisper.*

Peter se levantó, se puso detrás de ella y le susurró al oído:

—¿Tu padre no te dijo nunca que hay que predicar con el ejemplo?

—Pues, la verdad es que sí, pero...

Él la cogió de la mano y la conminó a seguirlo. Paula notó cierto calorcillo por todo el cuerpo porque Peter no le era indiferente, todo lo contrario: apuesto, trabajador, brillante y muy divertido.

—¿Dónde vamos?

Le preguntó ella bajito al oído cuando él la metió en el ascensor, pegándose a su cuerpo para pulsar el botón del último piso, meta y destino.

Insistió:

—¿Arriba? ¿Qué hay arriba? La vista de Las Vegas desde las alturas no es demasiado interesante.

—No te hagas la inocente. Ya sabes, el museo, con todos los prototipos y modelos de serie que hemos fabricado a través de nuestra historia.

—Pero ¿para qué vamos al museo?

A esas alturas Paula tenía muy claro que iban a estrenar la comodidad del *Susurro*, pero quería oírlo de labios de él, de su insinuante y apetitosa boca.

—A cumplir con los consejos de tu padre, a predicar con el ejemplo.

Glosario

CEO: *Chief Executive Officer,* equivalente a ejecutivo de máximo nivel en una empresa.

Sidney Lumet: director, productor y guionista americano. Dirigió la película *12 hombres sin piedad,* basada en el libro de Reginald Rose.

Update: puesta al día.

Eleanor Thornton: (1880–1915). Fue una actriz y modelo británica. A los 22 años comenzó a trabajar como secretaria de **John Edward Scott-Montagu**, quien se convirtió en el segundo Baron Montagu of Beaulieu en 1905. Thornton fue su amante y ambos tuvieron una hija ilegítima que fue dada en adopción. Ellie sirvió de modelo para una estatuilla que Lord Montagu encargó al escultor **Charles Robinson Sykes** para adornar el capó de su Rolls. La figurita se tapa la boca con los dedos como símbolo del amor secreto entre la secretaria y el noble. De allí su nombre: *The Whisper* (el susurro).

Más tarde Eleanor volvió a posar para Robinson, esta vez para la creación de *The Spirit of Ecstasy* (el espíritu del éxtasis), nombre con el que se conoce al primer adorno de capó utilizado en los automóviles fabricados por Rolls-Royce.

Thornton murió ahogada junto a otros cientos de pasajeros el 30 de diciembre de 1915, cuando el *SS Persia*, un barco que viajaba a través del mar Mediterráneo hacia la India, fue impactado por un torpedo del U-Boot alemán U-38, submarino comandado por Max Valentiner.

Condiciones *Car masutra*

Producto: relación sexual.
Forma: estimulación, masturbación, coito.
Tipo: mutuo.
Contenido:
—Sujeto A (A en el texto): mujer con lengua y manos hábiles. Activa.
—Sujeto B (B en el texto): hombre con capacidad eréctil, lengua y manos hábiles. Activo.
—Coche con espacio suficiente para que A pueda sentarse sobre B en los asientos.
Lugar: cualquiera donde el coche pueda estar aparcado de forma que puedan tener cierta intimidad. Recuerden que practicar sexo en la vía pública es un delito y está penado por la ley.
Ambiente: el que se preste.
Condiciones: tensión sexual suficiente como para obtener una erección tanto de A (clítoris, entendido como micropene) como de B.
Posición: ambos sujetos sentados en el asiento del acompañante, que se deslizará hacia atrás para maximizar el espacio. En el del conductor hay menos espacio y el volante puede resultar molesto, aunque hay a quien le excita más. A se sentará a horcajadas, encima y de cara a B. De esta forma la penetración es más profunda y A tiene un mayor control sobre el pene de B.
Objetivos:
—Obtener el clímax de A mediante su orgasmo.
—Obtener el clímax de B mediante su eyaculación.

Efectos secundarios[2]:

—Según descarga, sueño de ambos sujetos.

—Posible felación o *cunnilingus* a uno o ambos sujetos.

—Posible coito entre ambos sujetos.

Contraindicaciones:

—No disponer, ni poder hacerlo, de coche, aunque se puede contemplar el uso de otro vehículo (camión, moto, furgón,...).

---

2. Estos son solo algunos de los más frecuentes efectos secundarios, aunque se pueden dar otros.

Instrucciones *Car masutra*

Téngase en cuenta que las siguientes instrucciones o pasos a seguir no son más que una de las muchas propuestas que se pueden dar a fin de llevar a cabo un ***Car masutra*** entre hombre y mujer con garantía de éxito.

Habiéndose obtenido las condiciones adecuadas para el ***Car masutra:*** el coche aparcado en lugar adecuado; con el freno de mano puesto y ambos sujetos sentados en él, A en el asiento del conductor y B, en el del copiloto; y tras besos y arrumacos suficientes como para preparar el ambiente para el momento y habiendo atrasado los asientos al máximo:

1. A sigue besando a B mientras este pasa a activar la zona genital de A con la mano izquierda mediante suaves caricias por encima de la ropa. Hace lo propio con la derecha, pero sobre los pechos, de tal forma que estos se activen y que se yergan los pezones. Simultáneamente, A activará el pene flácido, o ya no tanto, de B mediante caricias con la punta de los dedos de la mano izquierda sobre el pecho, por encima de la ropa. Con la otra mano, empezando sobre el muslo derecho y luego alternativamente sobre el izquierdo, le proporcionará suaves caricias circulares, rozando la zona genital, pero sin llegar a tocarla.
2. Si la ejecución del punto número 1 es correcta, el pene de B deberá estar en fase de «alerta», es decir, debe haberse inflado y perdido su flacidez debido al flujo creciente de sangre. A podrá, por tanto, liberar dicho «levantamiento» abriendo la bragueta y desabrochando el botón del pantalón de B y, en caso de llevar calzoncillo, sacar tanto el pene como el escroto. Lo mismo sucede con los pezones de A, que se habrán tensado y vuelto turgentes, así como sus labios mayores, que se habrán engrosado y oscurecido. En caso de que lleve sujetador, B podrá abrirlo y pasar sus copas por debajo del pecho y si lleva pantalón, abrirlo.
3. En este punto A intensificará los besos, que se tornarán mordiscos y lametones, moviéndose por el cuello de B, pero sin llegar a la boca, a la espera de lo que haga B.
4. Para B es el momento de intensificar los besos y convertirlos en mordiscos y lametones por el cuello de A, llevándo-

los hacia la boca. Probablemente A busque darles respuesta. No se lo permita, juegue con ese deseo redirigiéndose hacia otra zona. Hágalo varias veces hasta confluir con ese deseo y besarse profusamente. A debe aprovechar para cerrar su palma derecha sobre el pene de B. B a su vez pondrá la mano izquierda en forma de cuchara alrededor de la vulva de A por dentro del pantalón, o *pantys* y ropa interior si la llevara. Ambos sujetos masajearán los genitales del otro a base de rítmicas y suaves presiones de la palma.

5. Cuando la situación lo pida, y está claro que si el masaje es correcto será así, B ayudará a A a liberarse de la ropa que le impida sentarse a horcajadas, es decir, pantalón, *pantys* o ropa interior.

6. Una vez libre de ella y de nuevo sentada, B se inclinará sobre A y mediante besos y pequeños lametones circulares sobre sus muslos se irá acercando a su zona genital, pero sin tocarla. Lo repetirá tres veces, empezando por el muslo derecho y luego el izquierdo.

7. Mientras, A acariciará la espalda de B con las palmas abiertas y de forma circular. Al terminar la secuencia de tres del punto número 6, B volverá a su posición inicial y será A quien baje la cabeza por el torso de B, donde levantará, si fuera necesario, la ropa que le impida acceso directo a la piel sin dejar de besar y lamer hasta llegar a la linde del vello del pubis. Allí se detendrá y lo rodeará (por encima del pantalón si lo hay), primero hacia el muslo derecho, que seguirá con la nariz y punta de la lengua para luego volver atrás y hacer lo propio hacia el muslo izquierdo tres veces. Mientras A ejecuta este punto, B acariciará la espalda de A con las palmas abiertas y de forma circular.

8. Al terminar la secuencia, A subirá por el torso de B besándole hasta la boca mientras envuelve el pene de A con su mano derecha. Cuando llegue a la boca de B, este le corresponderá con un beso pleno y profundo introduciendo su lengua en la boca de A a la vez que con la mano derecha le acaricia el pubis.

9. B irá intensificando las caricias sobre el pubis de A procurando separar sus labios mayores de forma que su dedo corazón se mueva arriba y abajo. Mientras, A moverá su mano derecha hacia arriba y hacia abajo del pene, ejerciendo una leve presión sobre el mismo (cuidado con no hincar las uñas si se

llevan largas). Esta secuencia se repetirá en dos bloques de cuatro.

10. En este punto, el pene de B debe estar completamente rígido y pulsante. A dejará de besar a B y volverá a inclinarse sobre el pene para acariciar su largura con la nariz, desde el nacimiento hasta el prepucio y de vuelta hacia atrás, repitiendo la operación cuatro veces mientras sigue trabajando con la mano. B a su vez enterrará el dedo corazón en la vagina de A, que estará ya completamente húmeda por la excitación, y lo moverá de dentro hacia fuera cuatro veces.

11. A repetirá el punto anterior. Esta vez con la lengua mientras B hará lo propio con movimientos circulares de los dedos índice y corazón al entrar y salir.

12. En la cuarta repetición A terminará en el prepucio y allí abrirá la boca a su alrededor, pero sin tocarlo y retirando la mano. Solamente exhalará sobre él. B meterá un tercer dedo, el anular, en la vagina de A y moverá los tres hacia su interior donde permanecerá quieto.

13. A obtendrá un movimiento de pulsación en el pene, cerrará entonces la boca suavemente sobre el prepucio procurando tener los labios por delante para no dañar a B con los dientes. B notará cierta tensión en los muslos y la zona de la vulva de A, aprovechará para tapar el clítoris con su dedo gordo y presionar la zona perineal con el meñique.

14. A bajará y subirá con la boca, muy lentamente tres veces hasta el nacimiento del pene. En caso de que no fuera físicamente posible llegar a él por el tamaño del falo, siempre podrá ladear un poco la cabeza para que este acabe de entrar en su mejilla y no hacia su glotis, cuestión que le produciría unas inoportunas náuseas. B pulsará la mano, muy lenta y profundamente tres veces hacia el interior de la vagina de forma a que tanto el dedo gordo como el meñique presionen también sobre el clítoris y el perineo.

15. Tras la tercera repetición se vuelve al punto número 10 y se repiten los pasos hasta el número 14. En este punto, al colocar la boca, A procurará sacar un poco la lengua y ejercer presión sobre el conducto seminal. En el caso de B, entrará tan solo lo justo en la vagina, de forma que pueda dar masajes circulares al clítoris con el dedo gordo simultáneamente.

16. Este es el momento, A liberará el pene de B y este la vulva y vagina de A, quien volverá a su asiento y se subirá sobre B, de

cara y a horcajadas. Quedará de rodillas con estas por fuera y a lo largo de los muslos de B; mientras, lo abrazará por el cuello y le besará profundamente. B abrazará a su vez a A por debajo de las nalgas y responderá a sus besos.

17. A moverá las caderas hacia B hasta colocarse encima de la zona genital de este. Es posible que B deba moverse también hacia A para facilitarle el trabajo y rozar con su pubis el pene erecto para volver a alzarse y bajar hasta cinco veces, pero cada una de ellas presionado un poco más sobre dicho pene. Durante este proceso, B acariciará las nalgas de A.

18. A la quinta vez, A aprovechará para dejarse caer muy lentamente sobre el pene de B, que se introducirá en su vagina, a la par que ambos dejarán de besarse para mirarse a los ojos hasta que las nalgas de A hagan contacto con los muslos de B y quede sentada encima. Entonces ambos se darán un tiempo para volver a besarse, pero sin mover sus genitales. No es cuestión de provocar un orgasmo demasiado incipiente en cualquiera de los dos, o ambos, sino de alargar y disfrutar del coito lo máximo posible, ya que hay sujetos a los que les cuesta recuperarse del clímax y por tanto un segundo encuentro sería relativamente difícil en un margen de tiempo corto.

19. Cuando ambos sientan haber controlado el incipiente orgasmo, pueden verbalizarlo o pueden conocerse lo suficiente para percibirlo, A empezará a levantarse hasta casi salir de B, dejando en su interior solo la punta del glande para volver a dejarse caer sobre él mismo muy lentamente hasta contactar con los muslos de B, pero sin llegar a sentarse completamente encima. B acompañará dicho movimiento con sus palmas sobre las nalgas de A y mordisqueará su cuello por ambos lados alternativamente. Esta secuencia se repetirá cinco veces.

20. Tras la quinta repetición, A se quedará sentada sobre B ejerciendo movimientos circulares sobre su pene y muslos. B pasará las manos por debajo de la ropa de A para acariciarle los senos a la vez que le coge los pezones entre dos dedos y estira de ellos. Esta secuencia se repetirá en dos bloques de cinco intercalándose con otras dos repeticiones del punto número 19.

21. Tras dichas repeticiones, B debe estar sobradamente preparado para una pronta eyaculación, así como A para el clímax. Esto se percibe de varias formas:

- Tanto A como B pueden verbalizarlo, ambos sujetos pueden llegar o no a un acuerdo previo para ello.

- Ambos pueden emitir sonidos que lo anuncien.

- El pene de B puede dejar escapar pequeñas gotas de semen anterior a la eyaculación. A puede dejar escapar cierta crema por la hendidura vaginal.

- Se suele producir rigidez en el cuerpo de ambos.

- El pene de B adquiere aún mayor tensión que hasta el momento y uno o ambos testículos suelen moverse. Los labios mayores de A adquieren un grosor máximo y se humedece más toda la zona. Si no se diera ninguna de estas circunstancias, repita los puntos 19 a 20 hasta percibirlas.

22. A la percepción de lo descrito en el número 21, uno o varios avisos, se repetirá el número 19 de forma continuada aumentando la rapidez y profundidad de movimientos, a la vez que ambos sujetos se besan profusamente hasta notar una contracción en uno o ambos testículos de B y como sube el semen por el conducto seminal y se dispara en el interior de A. En el caso de A, se notará como se tensan tanto el clítoris como los labios mayores. Se producirán convulsiones rítmicas y continuadas tanto del pene como del clítoris y la zona vulvar mientras se produce el orgasmo de ambos.

23. Es importante que A esté preparada para la recepción de semen y se quede sentada o casi, ejerciendo movimientos circulares con sus nalgas sobre B para que este pueda descargarse lo más profundamente posible dentro de A, de forma que aumente el placer de ambos y asegurarse de que la eyaculación sea total. Esto es así cuando el pene se queda flácido y no hay más expulsión de semen. B estará pendiente de las convulsiones de A y, cuando estas disminuyan en intensidad y se espacien en el tiempo, bajará él también el ritmo de sus movimientos. B estará pendiente de las convulsiones de A, de manera que, cuando estas disminuyan y se espacien, B pueda bajar el ritmo de sus movimientos y acompasarse al orgasmo de ella y así prolongarlo al máximo.

24. Ambos sujetos se recostarán el uno contra el otro para recuperarse del paroxismo y A se mantendrá sentada sobre B aun estando su pene flácido, puesto que puede darse alguna pequeña pérdida posterior de semen. B, aun habiendo dejado de moverse también, se mantendrá quieto, puesto que puede producirse alguna pequeña convulsión rezagada de

A. Téngase en cuenta que el orgasmo de la mujer suele ser más prolongado que el del hombre. Tras recuperarse, es el momento en que tanto B como A pueden ir hacia una nueva búsqueda de placer mediante otras prácticas sexuales o la repetición de la anterior.

Existen sujetos B, aunque son minoría cuyo pene no queda flácido tras la eyaculación y se podría proceder a un segundo coito o bien a otra técnica sexual. Existen sujetos A, aunque también son minoría, con capacidad multiorgásmica para quienes sería bueno que siguieran trabajándolas con el fin de obtener así varios orgasmos posteriores.

Anotaciones, experiencias personales.

LA BALSA

Hacía calor, hacía tanto calor que, a pesar de estar a la sombra, sudaban a mares. Estaban en febrero e incluso allí, bajo la carpa protectora, la temperatura era de más de treinta y cinco grados. Se habían levantado mucho antes de la salida del sol para poder adelantar el trabajo al máximo.

Era casi mediodía y les quedaba poco por hacer, pero aún así tendrían que aguantar un par de horas más. Vamos, que engordar, lo que se dice engordar, no iban a engordar demasiado esos días.

Por aquel entonces, Lara lucía el pelo corto a lo ***garçonne***, pero aun así lo llevaba completamente pegado a la cabeza y el sudor le empapaba la camiseta, que se le pegaba al cuerpo como si fuera una segunda piel. El pantaloncito corto verde pálido en origen parecía ahora verde militar del sudor que lo calaba.

León no tenía demasiada buena pinta tampoco, pero por lo menos él se había permitido el lujo de llevar el torso desnudo y la verdad es que lo que se veía era de lo más atrayente: pectorales de acero, fruto del trabajo duro, no de gimnasio y anabolizantes. Era el resultado de las muchas horas pasadas en el tajo, labrando, plantando, regando, podando y, con un poco de suerte, si las circunstancias y la naturaleza lo permitían, recogiendo el fruto de ese trabajo.

Habían llenado casi todas las cestas y no les quedaba entonces más que pasarles un agua para eliminar los restos de barro que se les había pegado con la lluvia torrencial de la noche anterior. Solo serían un par de horas más y luego una refrescante ducha, una comida ligera y una buena siesta, larga y reparadora.

—¿Te apetece un poco de agua? —preguntó Lara a León mientras empapaba un paño y se lo pasaba por la nuca en un vano intento de refrescarse.

«Pero qué bonita que está. Qué bien le sienta esa camiseta pegadita al cuerpo serrano que Dios le ha dado». Esos nada castos pensamientos eran los de un embelesado León, quien, a pesar de no ser ya pareja de Lara, no podía dejar de verla como la mujer más atractiva y apetitosa que había sobre la faz de la tierra.

—León, te estoy hablando. ¿Quieres o no quieres agua?

—Lara, ¿por qué lo dejamos?

—León, no empieces... ¿Quieres el agua o la vuelvo a meter en la balsa?

—Perdona, Lara, tienes razón. No, no voy a empezar y, sí, pásame el agua, gracias.

Nunca había quedado muy claro por qué lo habían dejado, pero lo cierto es que donde hubo fuego suele haber ascuas y, desde luego, por parte de León, las había, y abrasadoras.

—Lara, ¿tú quieres más agua o la meto ya en la balsa?

—Métela y acabemos, que si no me voy a derretir de calor; el macareno va a acabar conmigo.

«Puede que el macareno acabe con ella, pero desde luego será ella quien acabe conmigo como siga mirándome así».

—Sí, tienes razón, acabemos ya para poder irnos a casa y huir del sol. Mira, ya que estoy al lado de la balsa, tú me traes las cestas y yo las meto para lavarlas.

Se pusieron a ello, pero a la décima cesta León estaba agotado de tanto agacharse y levantarse.

—Oye, y si te metes, yo te las paso y así es más fácil.

A León le pareció bien, así que se metió en la balsa con el agua hasta la cintura. Ella le iba pasando las cestas, él las sumergía, las sacudía ligeramente para eliminar el barro y luego se las devolvía a Lara, quien las alineaba al lado de la furgoneta.

La mujer ya venía algo sudada, pero ahora se estaba empapando de lo lindo. Además, alguna pequeña manchita de barro, que todavía caía de las cestas chorreantes, le iba decorando la maldita camiseta. Eso fue la guinda del pastel para León. Si de por sí Lara era su musa, viéndola compartir trabajo de esa guisa era como para subirla a los altares. ¿Por qué diablos había permitido que su relación acabara?

Él no era un **pavón nocturno** y además ella no estaba a veinte kilómetros, estaba tan solo a un metro por encima y sus **feromonas** le acosaban ferozmente avasallando el cuerpo y el cerebro del pobre hombre.

Y es que todos los mensajes que le mandaba ese cuerpazo martilleaban su mente:

«Lara es tu media naranja. ¡Tu media naranja, la tuya!»

Lo tenía muy claro. Que se lo dijeran a ese duro bulto que se estaba formando en su entrepierna. Menos mal que metido en la balsa el asunto quedaba fuera de la vista de su musa.

—León, ¿dónde estás? Eh, que me tienes aquí con la cesta a medio levantar...

—Aquí, aquí,..., aquí abajo.

—León, me da que tienes una insolación, no entiendo una palabra de lo que estás farfullando. Venga, que ya casi estamos y podremos ir al cortijo a asearnos, comer y dormir una más que merecida siesta.

—Para siestas estoy yo con esto así, a mí dame fiestas.

Lara le dio la cesta, se arrodilló y metió los brazos en la balsa y empezó a tirarle agua a la cara para ver si el pobre diablo volvía a sus cabales. Estaba allí, brazos en alto, aguantando sin moverse y con la cesta llena, como ausente, pero con la vista puesta en ella; bueno, más bien en su delantera, en esa portentosa delantera que siempre le había llevado de cabeza. No reaccionaba ni ante las salpicaduras, y Lara empezaba a estar verdaderamente preocupada, así que decidió meterse también en el agua a ver si estando frente a él finalmente respondía.

—León, por favor, León, dime algo, me estás asustando, ¿qué te pasa?

Fue como un resorte, como si le hubieran dado una bofetada. Soltó la cesta, esta impactó en el agua antes de hundirse y desparramar su contenido por la superficie de la balsa, que de repente se vio salpicada de miniflotadores alargados y verdes.

—Lara, ¿de verdad que te has asustado? ¿Te importo realmente?

—Pues claro que me importas, has sido mi pareja durante más de diez años. ¿Cómo no voy a quererte?

León se acercó a ella, fue entonces cuando Lara pudo ver lágrimas en sus ojos.

—León, ¿qué te pasa? No entiendo, ¿por qué lloras?

—Te echo tanto de menos. ¿Por qué lo dejamos?

Lara no soportaba verlo sufrir. Lo abrazó, le cubrió los ojos de tiernos besos, se pegó a él mientras le acunaba y le susurraba que todo estaba bien, que no pasaba nada.

Sentirla tan, tan sumamente cerca. Volver a percibir esa mezcla embriagadora de aroma a hembra, fragancia y sudor, fue la gota que colmó el vaso. Respondió a los besos y buscó su boca, lo que había sido un tierno abrazo de consuelo se convirtió en el más fogoso de los encuentros, algo que ambos habían echado de menos durante demasiado tiempo.

—León, esto no debería estar pasando. Mira los pepinos, estamos rodeados de pepinos. ¡Qué ridículo! Hay que recuperarlos, esta tarde tenemos que llevar la cosecha a la Agrícola Don Rodrigo y hay casi una hora de coche hasta cerca de **Guasave**.

—Lara, Lara, yo, yo...

De repente ambos reían a carcajadas, León cogió un pepino y se lo acercó para que Lara le diera un mordisco. Acto seguido le comentó:

—¿Recuerdas el verano aquel? ¿Lo que hicimos?

—Sí, pero ¿vamos a dejarlo solo en un recuerdo?

A lo que tanto León como el pepino desaparecieron bajo el agua y Lara se sintió suavemente ensartada de la forma más placentera que pudiera imaginarse.

Glosario

Feromonas: sustancias químicas, tanto volátiles como no, secretadas por los seres vivos con el fin de provocar comportamientos específicos en individuos de la misma especie.

A lo *garçonne:* corte de pelo de mujer a lo varón.

Gran pavón o pavón nocturno *(Saturnia pyri)*: es una especie de lepidóptero, la mariposa más grande de Europa con 15 cm de envergadura. Refiriéndose a las feromonas femeninas, el gran pavón macho es capaz de detectar el olor de la hembra a más de 20 kilómetros de distancia.

Guasave: ciudad del estado de Sinaloa, el mayor productor de pepinos en México.

Condiciones *Toy masutra* ♀

Producto: relación sexual.

Forma: estimulación manual con ciertos objetos y agua, masturbación.

Tipo: femenino.

Contenido:

—Sujeto A (A en el texto): mujer con lengua hábil. Pasiva.

—Sujeto B (B en el texto): hombre con capacidad eréctil, con lengua y manos hábiles. Activo.

—Pluma de ave grande, más bien del plumón muy suave al tacto. De compra en sexshops.

—Una zanahoria, pepino, calabacín de unos 20-25cms de largo y 4-5cms de grosor. Téngase en cuenta el margen para sujetarla. Deberá estar bien lavada y sin aristas.

—Polvos de talco comestibles. Los hay de distintos sabores: fresa, cereza... De compra en sexshops, Internet. Téngase en cuenta que por su composición la mayoría producen sensación de calor, son vaso dilatadores y por lo tanto potencian las sensaciones.

Lugar: cualquiera donde estar desnudos, en posición horizontal y sin pasar frío, así como una ducha de manguera flexible.

Ambiente: el que se preste.

Condiciones: tensión sexual suficiente como para obtener una erección tanto por parte de A (clítoris, entendido como micropene) como de B.

Posición: ambos sujetos se verán en distintas posturas durante la relación.

Objetivo primario:

Obtener el orgasmo de A.

Efectos secundarios[3]:

—Según descarga, adormecimiento de A.

—Posible felación a B.

—Posible coito posterior entre ambos sujetos.

—Posible *Toy masutra* para él.

Contraindicaciones:

En caso de tener alguna intolerancia o alergia a alguno de los *gadgets* propuestos, cabe la posibilidad de utilizar elementos similares que no produzcan respuestas adversas.

---

3. Estos son solo algunos de los más frecuentes efectos secundarios, aunque se pueden darse otros.

Instrucciones *Toy masutra* ♀

Téngase en cuenta que las siguientes instrucciones o pasos a seguir no son más que una de las muchas propuestas que se pueden dar a fin de llevar a cabo un **Toy masutra** ♀ entre hombre y mujer con garantía de éxito.

Habiéndose obtenido las condiciones adecuadas para el **Toy masutra** ♀ , o sea, tener a mano tanto la verdura o sustituto como la pluma y los polvos que se usarán, y estar predispuestos a su uso:

1. Ambos sujetos, vestidos y de pie, el uno frente al otro se besan mientras B activa la zona genital de A mediante caricias varias sobre la zona, por encima de la ropa con la mano izquierda y con la derecha hace lo propio sobre los pechos para así activarlos y que se yergan los pezones. De forma simultánea, A activará el pene en estado flácido, o no del todo ya, de B mediante caricias con la punta de los dedos de la mano izquierda sobre el pecho, por encima de la ropa. La mano derecha sobre su muslo izquierdo le proporcionará suaves caricias circulares alternando con el otro muslo, rozando la zona genital, pero sin llegar a tocarla.

2. Si la ejecución del punto número 1 es correcta, el pene de B deberá estar en fase de «alerta», es decir, debe haberse inflamado y perdido su flacidez debido al flujo creciente de sangre. A se acercará a B hasta que sus genitales hagan contacto y se contoneen el uno contra el otro, a la vez que pasan los brazos por detrás del otro y se acarician mutuamente la espalda hasta llegar donde esta pierde su casto nombre y allí aprisionar las nalgas del otro con las palmas. La tensión y abultamiento de B se hará más notable y dura. A podrá por tanto liberar dicho «levantamiento» abriendo la bragueta y el botón del pantalón de B y, en caso de llevar calzoncillo, sacar tanto el pene como el escroto, para luego quitarle esa molesta ropa y, ya puesta, hacer lo propio con la camisa, camiseta u otras prendas que pudiera llevar en la parte superior del cuerpo, teniéndolo ya como Dios lo trajo al mundo y pudiéndolo apreciar en toda «su grandeza».

3. Lo mismo sucede con los pezones de A, que se habrán tensado y vuelto turgentes, así como sus labios mayores, y la

vulva, que se engrosan y oscurecen. B aprovechará, una vez liberados sus genitales, para ayudar a A a librarse de la blusa, jersey, vestido o ropa que le cubra el torso y, en caso de llevar sujetador, pasar los pechos por encima de la tela para tener acceso directo.

4. A intensificará los besos y los convertirá en mordiscos y lametones moviéndose por el cuello de B, pero sin llegar a la boca y a la espera de lo que haga B.

5. B también intensificará los besos, que también se convertirán en mordiscos y lametones por el cuello, y los dirigirá hacia la boca de A, quien probablemente busque darles respuesta. No se lo permitirá, jugará con ese deseo redirigiéndose hacia otra zona. Lo hará varias veces hasta permitir confluir ese deseo y entonces besarse profusamente.

6. Simultáneamente al punto número 4, A debe aprovechar para colocar su palma derecha sobre la zona genital de B, B pondrá la mano izquierda en forma de cuchara por encima de la vulva de A y ambos sujetos masajearán los genitales del otro a base de rítmicas y suaves presiones de la palma.

7. Tras ello, B bajará a lametones hacia el pecho de A y seguirá alternativamente con sus pezones, con movimientos circulares con la punta de la lengua sobre las areolas. Atenderá el pezón libre con la mano derecha a base de pequeños pellizcos y tirones. A pondrá su mano izquierda sobre la nuca de B dándole masajes circulares, acompasados a sus movimientos. Repetirá el proceso cinco veces en cada pecho.

8. Al término de dichas repeticiones los pezones estarán totalmente erguidos y tensos. B desabrochará el sujetador de A y le ayudará a liberarse de él si lo llevara. Luego la estirará boca arriba poniéndose él en perpendicular y de rodillas a su lado, espolvoreará sus pezones y areolas con el talco que habrá guardado a mano para la ocasión. Mientras, A tomará una postura totalmente pasiva.

9. Tras los pechos, B bajará hacia el ombligo de A, que llenará de talco. A seguirá en postura completamente pasiva. B cogerá la pluma y la paseará sobre el pecho derecho sin emitir presión alguna, con movimientos circulares de fuera hacia dentro, terminando en el pezón, donde se ataraeá un poco más para luego pasar al pecho izquierdo y repetir el paseo anterior.

10. Al terminar paseará la pluma entre ambos pechos y desde

allí bajará hacia el ombligo, donde con ella hará que el talco se esparza alrededor, para luego volver a subir y dejarla entre ambos pechos.

11. B sustituirá la pluma por su lengua y empezando por alrededor del ombligo, con movimientos circulares de fuera hacia dentro, y terminando sobre dicho ombligo irá lamiendo y besando a A para eliminar el talco. Al quedar encima del ombligo, lugar donde habrá más concentración de polvo, probablemente deba meter la lengua e incluso sorber sobre la zona para eliminarlo del todo. Deberá recordar que en todo momento A tendrá una actitud pasiva.

12. Al terminar, B subirá hacia el rostro de A y le acariciará la boca con la pluma, para luego besarla y con la lengua hacer que ella la abra y así poder disfrutar ella también del sabor de los polvos talco.

13. Cuando B note que A empieza a tener una respuesta activa al beso, abandonará su boca para ir hacia su pecho y repetirá el punto número 9, pero esta vez con la lengua, lamiéndolos y besándolos.

14. Cuando B termine de «limpiar» a A de polvos, volverá a pasear la pluma sobre el pecho de A y bajará con ella por su torso para llegar a la ropa que todavía lleva. Allí dejará la pluma al lado de A y la desvestirá para dejarla completamente desnuda.

15. B volverá a coger la pluma y con ella se paseará alternativamente por las piernas de A tres veces, desde el dorso del pie izquierdo hasta la pelvis, pero sin tocar el pubis, para pasar hacia la pierna derecha por la que bajará hasta llegar a la punta de los dedos del pie y volver a hacer el trayecto a la inversa.

16. Al término de las repeticiones, B volverá a usar el talco, que esparcirá sobre el monte de Venus de A con la ayuda de la pluma para luego retirarlo con la lengua a besos y lametones, pero sin llegar a tocar el clítoris.

17. Tras ello, y con dulzura, B separará ligeramente los muslos de A para tener mejor acceso a su sexo. Esta vez, con la verdura escogida, la paseará por los labios mayores de A, haciéndolo de forma firme pero suave, desde clítoris al perineo por el labio derecho, para volver en sentido inverso por el izquierdo. Conforme vaya paseando, los labios se irán llenando de sangre y engrosando. Repetirá el paseo tres veces, pero

cada vez más cerca de la entrada de la vagina.

18. Al final de la tercera repetición, se situará sobre el clítoris con la verdura y allí lo friccionará con una serie de cinco movimientos circulares para luego bajar e introducir el «falo vegetal» muy lenta y delicadamente, unos diez o quince cm, según la vea sentir placer en la vagina de A, para retirarlo de la misma forma, volverlo a introducir una vez más y retirarlo del todo.

19. Tras dejar a A «huérfana», B la cogerá de la mano y la invitará a que lo siga, llevándola al cuarto de baño donde pondrá en marcha la ducha (agua templada) a chorro suave y le pondrá el tapón a la bañera. Durante este proceso, instará a A a que coja el «falo vegetal» que B todavía llevará en la mano.

20. Cuando B haya comprobado que la temperatura del agua sea agradable al tacto, A se meterá en la bañera y se estirará boca arriba con los brazos alineados al cuerpo, entregándole a B el «falo vegetal» que habrá dejado de usar al entrar en la bañera. Durante el proceso, B se asegurará de que el nivel del agua no llegue a cubrir nunca el cuerpo de A. El ombligo no debe quedar cubierto; por lo tanto, si fuera necesario, deberá dejar marchar algo de agua. Deberá tener en cuenta también la temperatura del agua y adaptarla a las necesidades de A.

21. B empezará a rociar a A con la ducha, a unos 50 cm de su cuerpo. Lo hará primero por el hombro derecho y bajará por el brazo derecho hasta llegar a la mano, seguir por la pierna derecha hasta el pie, para luego pasar al pie izquierdo y hacer el recorrido a la inversa. Al llegar al hombro izquierdo, cruzará hacia el derecho por encima del pecho y de vuelta por debajo del mismo. Repetirá esta secuencia cuatro veces, cada vez más cerca de los pezones y con el chorro a menor distancia. En la última pasada se situará sobre el pezón izquierdo, lugar donde dibujará cinco círculos concéntricos con el agua, para luego pasar al derecho y hacer allí lo propio. Rematará la faena con otros cinco círculos concéntricos con el agua para luego besar y succionar cada pezón tres veces, habiendo dejado la ducha en el agua. Aquí es cuando B puede decidir entrar en la bañera y sentarse de rodillas de cara a A, entre sus piernas o simplemente inclinarse sobre ella, desde fuera.

22. Tras ello volverá a coger la ducha y dirigirá el chorro de agua entre ambos pechos y lo bajará en línea recta hacia el ombli-

go, donde se entretendrá dibujando, de la misma forma que sobre los pezones, cinco círculos concéntricos con el agua, besarlo con la boca abierta para producir efecto ventosa y luego lamer y sorber el agua que pudiera haber quedado dentro del ombligo, habiendo vuelto a dejar la ducha en el agua.

23. De nuevo con la ducha en la mano, bajará hacia el monte de Venus y, con el chorro de agua a unos 30 cm por encima perfilará el nacimiento del clítoris procurando no tocarlo. Dibuje como en los pezones cinco o seis círculos concéntricos con el chorro, para luego besarlo con la boca abierta y acariciarlo con la punta de la lengua. Al llegar al clítoris, lo rodeará con los labios y succionará mientras lo acaricia con la lengua, habiendo dejado la ducha en el agua.

24. Cuando note que A se tensa y el clítoris adquiere su máximo grosor, lo abandonará, dirigirá y mantendrá el chorro de agua encima. Esta vez a una distancia menor que las anteriores, ya que la zona está muy sensible y a mayor distancia podría ser doloroso y reducir el placer. Y nada más, solo quedará esperar sus convulsiones que, les aseguro, tardarán muy poco en aparecer. No olvide mantener el chorro allí hasta asegurarse de que el orgasmo haya sido completo. Es el momento en que tanto B como A puedan ir hacia una nueva búsqueda de placer mediante otras prácticas sexuales como por ejemplo el ***Toy masutra*** ♂ para él.

Existen sujetos A, aunque son minoría, con capacidad multiorgásmica para los cuales sería bueno seguir trabajándolos y obtener así varios orgasmos posteriores.

Anotaciones, experiencias personales.

MANUAL III

Valentine masutra ♀♂

69 masutra ♀♂

Cine masutra ♀♂

EL ASCENSOR

—¡No lo soporto, no puedo con él!

—Pero vamos a ver, Frida, tranquila, que la cosa no es para tanto.

—Que no, no puedo hacer vida normal. No me deja vivir, no me deja dormir, no como, me da tanto asco. Lo huelo, lo siento cerca y me dan arcadas. Lo peor es que Nico está que trina porque ya ni salgo.

—Oye, por culpa de todo esto no vayas a romper con tu novio, que es muy buen partido. Me parece que será mejor que vayamos a ver a Sigmund y que nos diga lo que podemos hacer.

—Pero qué dices, si es un loquero.

—No, no, no te equivoques, es un terapeuta y ayuda a la gente a sentirse bien consigo misma, a superar sus miedos y sus fobias.

—Oye, oye, que yo no tengo ninguna fobia, es solo que no puedo con él. Pero, vale, si te hace feliz, mamá, si te vas a sentir mejor vamos a verlo.

Sarah aprovechó el momento, así que llamó directamente a la consulta y por ser quien era le dieron hora para esa misma tarde. Una vez allí, fue directamente al grano.

—Hola, Sigmund, te traigo a Frida porque, bueno, ya sabes lo que pasa en casa desde hace tres meses; pero es que ahora ya ni lo soporta, y yo ya no sé cómo ayudarla.

—Sarah, no te preocupes, que la dejas en buenas manos. Vente de aquí a una horita que ya habremos acabado, ¿vale?

—Frida, cariño, escucha a Sigmund y ya verás como pronto dejas de sufrir.

—Anda, largo mamá, que ya no soy una niñita. Vete tranquila, que yo me vuelvo dando un paseo o, si se hace muy tarde, me pillo un taxi.

Sigmund la hizo pasar a la consulta, y tras una intensa conversación se decidió por el ***EMDR*** como mejor técnica para superar la situación. Empezaron por buscar un sitio seguro, un refugio en la mente de Frida, y establecer unas pautas a seguir hasta la siguiente sesión.

Frida salió casi peor de como había entrado, pero Sigmund ya la había advertido sobre esa posibilidad. Sin embargo, lo de sufrir era parte de su vida cotidiana, así que tampoco le dio demasiada importancia. Volvió de la consulta de Wollishofen andando, por la Seestrasse a lo largo del Zürichsee, y fue a casa cavilando sobre cómo cumplir con los deberes encomendados. Cerca de la entrada le dio un vuelco el corazón, aunque nada más allá de lo habitual. Cogió el ascensor y subió a su pequeño dúplex, adyacente al ático de sus padres.

—Señora Lindzer, señora..., —Era la recepcionista, que llamaba por el telefonillo interno. Debía de ser algo importante porque ese interfono apenas sonaba nunca en el piso.

—Dime, Johanna, ¿ha pasado algo?

—Es Frida.

—¿Qué, qué ha pasado? No me asustes.

—Señora, señora, Frida ha subido en ascensor.

—Pero ¿qué dices? ¿Estás segura? Hace meses que no lo coge. Siempre va por las escaleras.

—Señora, que lo tengo de cara y conozco a Frida desde que nació. Sé bien lo que he visto.

Johanna se quedó hablando sola mientras Sarah Lindzer, por el contrario, se había quedado muda, boquiabierta. Era la primera vez que su hija cogía el ascensor tras el fatal suceso. ¿Era posible que una terapia funcionase tan rápidamente?

A lo largo de los siguientes seis meses de tratamiento Frida acudió puntualmente a sus sesiones con Sigmund. Parecía una persona nueva. Su madre, sus amigos, todo su entorno veía cómo iba cambiando, era como seguir la metamorfosis de una mariposa.

Y llegó el día en que Frida le pidió a su madre conversar. Esta ya había sido advertida por Sigmund de que seguramente sucedería, que de alguna forma sería la manera de concluir todo el proceso.

—Mamá, perdóname, nunca quise hacerte daño con mi actitud. No era consciente de hasta qué punto estaba traumatizada por la muerte de papá.

—Hija, estate tranquila, lo sé, lo he sabido siempre. No te culpo por ello. Todos hemos tenido que aprender a vivir con su ausencia. Esa ausencia que, sin embargo, es presencia constante, aquí en casa y abajo en la fábrica. Tú sabes tan bien como yo que todo lo que tenemos es gracias a él.

—Mamá, lo sé y creo que es precisamente por eso que no soportaba siquiera el olor a cacao y menos aún estar encerrada en el ascensor, ese cohete mágico que nos llevaba a nuestro mundo de fantasía. Cada día subíamos y bajábamos juntos. Papá estaba siempre conmigo y eso es un recuerdo demasiado doloroso como para soportarlo. Mamá, yo... yo estaba con él cuando bajamos y tuvo el ataque al corazón y no supe, no pude hacer nada para ayudarle. Ni siquiera fui capaz de limpiarle la ropa manchada por el *coulant* con el que se había salpicado al caer contra la *concha*.

Sarah se acercó a su hija, la cogió entre sus brazos y la acunó como cuando era pequeña.

—Cariño, Frida, no te preocupes, todo está bien, todo está bien...

—Mamá, ¿crees que alguna vez seré capaz de volver a comer chocolate?

—Mi amor, qué más da. Tranquila, que no haremos nuestro aquello de en casa de herrero, cuchillo de palo.

—Mamá, de verdad, cómo eres...

—Anda, venga, canta conmigo *con un poco de azúcar...*

—*...la vida sabe mejor...* ¿Por qué será que aún en los momentos peores eres siempre capaz de hacerme reír? Tú, la guinda del pastel y papá, la base, la masa, el sustento.

—No te creas, hija, que también tenía lo suyo.

—Bueno, sí, por algo subíamos a casa en cohete espacial...

—Hija, tienes edad suficiente como para que te cuente lo siguiente. Además, lo hago por dos razones, para que entiendas que papá también podía ser la guinda del pastel y porque pienso que su idea puede suponer un nuevo nicho de mercado.

—Mamá lo de... ¿edad suficiente?

—Es que es un poco picante, papá me usaba de lienzo para sus creaciones...

—¿De lienzo?

—Sí, probaba sus chocolates en mí. Pintaba mi cuerpo desnudo con sus chocolates, probaba diferentes texturas, colores e incluso sabores.

—Mamá, ¿sabores? No quiero ni pensar...

—Hija, soy tu madre, pero no monja. Los padres también tenemos vida sexual. Por San Valentín, cuando sacamos los Darling, tuvo la idea de decorar mi cuerpo; primero pintó alrededor de mis areolas y luego, sobre mi abdomen, un corazón mirando hacia el pubis. Luego degustó su obra deleitándose del novísimo sabor de mi piel...

—Mamá, por favor, ahórrame los detalles..., que soy tu hija, pero no de piedra; y ya estoy pensando en Nico, que sabe mucho de pinceles. No por nada manda en su empresa sobre una plantilla de veinticinco pintores de brocha gorda.

—Bueno, vale, pero de alguna manera estás aquí y te aseguro que no ha sido por una in vitro. Creo que lo de comercializar los Darling en tubo con pincel para pintar sobre el cuerpo no es tan mala idea...

Piénsatelo para nuestra próxima campaña. Quedan tan solo tres meses de aquí a febrero, pero, si lo conseguimos en San Valentín, esto va a ser un bombazo.

—Mamá, ya lo tengo pero que muy muy claro —dijo Frida agarrando el móvil para, con mucha intención, conminar:

—Nico, vente corriendo esta noche al dúplex. Tenemos que probar los nuevos Darling y, sobre todo, ensayar la versión que hemos ideado para San Valentín.

Glosario

Concha: recipiente donde se lleva a cabo el proceso del *conche*. Rodolphe Lindt es probablemente el chocolatero más famoso de su época. En 1879 desarrolló una técnica con la cual podía fabricar un chocolate que era superior a todos los demás de aquella época en cuanto a su aroma y característica del fundido. Utilizando el *conche* que él había inventado, producía chocolate de sabor delicado y una calidad de fundido hoy en día sobradamente conocida. Tardó poco en triunfar y contribuyó sobremanera a la fama mundial del "chocolate suizo".

Coulant: chocolate fundido mediante una de las técnicas desarrolladas por Rodolphe Lindt.

EMDR: Desensibilización y Reprocesamiento por los Movimientos Oculares. Es un abordaje psicoterapéutico en el tratamiento de las dificultades emocionales en casos de experiencias difíciles en la vida del sujeto, fobias, ataques de pánico, muertes y duelos, incidentes traumáticos en la infancia, accidentes y desastres naturales entre otros.

Condiciones *Valentine masutra*

Producto: relación sexual.
Forma: estimulación manual y oral, masturbación, coito.
Tipo: mutuo.
Contenido:
Sujeto A (A en el texto): mujer con lengua y manos hábiles. Activa/pasiva.
Sujeto B (B en el texto): hombre con capacidad eréctil, lengua y manos hábiles. Activo o pasivo.
Topping de chocolate[1], o de otra substancia del gusto de ambos, en tubo con boquilla fina y pincel alimenticio plano.
Lugar: cualquiera donde estar desnudos, en posición horizontal y sin pasar frío, así como una ducha de chorro superior fijo.
Ambiente: el que se preste.
Condiciones: tensión sexual suficiente como para obtener una erección tanto por parte de A (clítoris, entendido como micropene) como de B.
Posición: ambos sujetos se verán en distintas posturas durante la relación, desde estar de pie hasta estirados boca arriba.
Objetivos:
—Obtener el clímax de A mediante su orgasmo.
—Obtener el clímax de B mediante su eyaculación.
Efectos secundarios[2]:
—Según descarga, posible adormecimiento de ambos sujetos.
—Posible felación o *cunnilingus* a uno o ambos sujetos.
—Posible coito posterior entre ambos sujetos.

....
1. En el texto se usará chocolate, aunque puede ser otra cosa.
2. Estos son solo algunos de los efectos secundarios más frecuentes, aunque pueden darse otros.

Contraindicaciones:

En caso de tener alguna intolerancia o alergia alimenticia no disponer de chocolate o sustituto libre de alérgenos.

Instrucciones *Valentine masutra*

Téngase en cuenta que las siguientes instrucciones o pasos a seguir no son más que una de las muchas propuestas que se pueden dar a fin de llevar a cabo un **Valentine masutra** entre hombre y mujer con garantía de éxito.

Habiéndose obtenido las condiciones adecuadas para el **Valentine masutra**: estar rasurados, tener a mano tanto el chocolate o sustituto, así como el pincel que se usará, y estar predispuestos a hacerlo:

1. Ambos sujetos en pie, el uno frente al otro, se besan mientras B activa la zona genital de A mediante caricias varias sobre la zona por encima de la ropa con la mano izquierda, mientras con la derecha hace lo propio sobre los pechos, de tal de tal forma que se activen y que se yergan los pezones. De forma simultánea A activará el pene en estado flácido, o no del todo ya, de B mediante caricias con la punta de los dedos de la mano izquierda, sobre el pecho por encima de la ropa. La mano derecha en su muslo izquierdo le proporcionará suaves caricias circulares alternando con el otro muslo, rozando la zona genital, pero sin llegar a tocarla.

2. Si la ejecución del punto uno es correcta, el pene de B deberá estar en fase de alerta, es decir, deberá haberse inflamado y perdido su flacidez debido al flujo creciente de sangre. A se acercará a B hasta que sus genitales hagan contacto, a la vez que pasan los brazos por detrás del otro y se acarician mutuamente la espalda hasta aprisionar las nalgas del otro con las palmas.

3. La tensión y abultamiento de B se hará más notable. A abrirá la bragueta y el botón del pantalón de B y en caso de que este lleve calzoncillo sacará tanto el pene como el escroto. Lo mismo sucederá con los pezones de A, que se habrán tensado y vuelto turgentes, así como sus labios mayores que se engrosarán y oscurecerán B aprovechará, una vez liberados sus genitales, para ayudar A a liberarse de la blusa, el jersey, el vestido o la ropa que le cubra el torso, y, en caso de llevar sujetador, pasar los pechos por encima de la tela de manera que pueda tener acceso directo.

4. A intensificará los besos, pasando a mordiscos y lametones,

moviéndose por el cuello de B, pero sin llegar a su boca, a la espera de lo que haga B. B hará lo propio por el cuello de A, quien probablemente busque darle respuesta. No se lo permitirá, jugará con ese deseo dirigiéndose hacia otra zona. Lo harán varias veces hasta permitir confluir ese deseo y besarse profusamente.

5. Simultáneamente, A deberá aprovechar para colocar su palma derecha sobre la zona genital de B, quien a su vez pondrá la mano izquierda en forma de cuchara por encima de la vulva de A, y ambos masajearán los genitales del otro a base de rítmicas y suaves presiones de la palma puesta sobre los mismos.

6. B bajará a lametones hacia el pecho de A y seguirá alternativamente sobre sus pezones con movimientos circulares con la punta de la lengua en las areolas. Atenderá al pezón libre con la mano derecha mediante pequeños pellizcos y tirones. A colocará su mano izquierda en la nuca de B, dándole masajes acompasados a sus movimientos. Repetirá el proceso cinco veces en cada pecho.

7. Al terminar dichas repeticiones, los pezones de A estarán completamente erguidos y tiesos. Entonces B desabrochará el sujetador de A y le ayudará a liberarse de él, para luego estirarla boca arriba poniéndose él en perpendicular y de rodillas a su lado, y perfilar sus pezones y areolas con un hilo del chocolate que habrá guardado a mano para la ocasión. A tomará una postura pasiva.

8. Tras los pechos, B bajará hacia el ombligo de A y a su alrededor dibujará un corazón con el chocolate, la punta en dirección al monte de Venus y lo más cerca posible de la ropa, que lo cubra, pero sin tocarla. No se trata de mancharla, sino de disfrutar del momento.

9. A sigue en actitud pasiva mientras B, una vez completados más dibujos lineales, da rienda suelta a su imaginación; coger el pincel y expandir el hilo de chocolate, pintando así una capa más ancha en los pechos y el ombligo, pero no en el pezón.

10. Al terminar, dejará el pincel y sorberá a besos el chocolate en el pezón derecho de A para luego besarla en la boca introduciendo la lengua para que pueda paladear el sabor del chocolate. B no se recreará mucho en el beso, lo justo para que ella note el sabor, pero no lo suficiente para que responda

activamente. Luego bajará hacia el pezón izquierdo y repetirá el proceso.

11. B pasará ahora a repetir el punto 10, pero sobre las areolas de A, y sustituirá los besos por lametones. En todo momento A tendrá una actitud pasiva.

12. A tomará ahora la iniciativa desvistiendo a B, que luego se estirará boca arriba. A será la que se pondrá en perpendicular y de rodillas a su lado y dibuje en su cuerpo, repitiendo así la segunda parte de los puntos 7 y 8 al 11. En este caso dibujará el corazón con la punta justo en el nacimiento del pene.

13. Al finalizar y sin que B se mueva todavía, A se despojará de la ropa que le quede de la forma más insinuante y lo más cerca posible de B, pero sin que llegue a tocarle.

14. A cogerá el chocolate, perfilará con él los labios de B y lo expandirá con el pincel, para luego eliminarlo a lametones y besos a los que esta vez sí B podrá responder. A se colocará a horcajadas por encima de él para sentarse justo delante del pene, de manera que pueda notarlo en su trasero.

15. Cuando A perciba la intención de B de penetrarla, porque este se pondrá más tenso y probablemente intente levantarla para ello, A se retirará y se volverá a arrodillar a su lado, cogerá el chocolate y dibujará con él un círculo en la punta de su pene. Luego lamerá el chocolate para retirarlo. Mientras, B se erguirá ligeramente e irá mirando como esta trabaja.

16. Cuando A termine, B se incorporará y, cogiendo a A de la mano, que también se incorporará, la conducirá hacia la ducha. Abrirá el grifo, y regulará la temperatura, y ambos se meterán bajo el chorro. Estando frente a frente, dejarán que el agua corra por sus cuerpos mientras se besan profundamente, abrazándose de forma que el pene de B quede en la entrepierna de A.

17. A apoyará la espalda contra la pared y levantará la pierna derecha a la vez que B la sujetará con la mano izquierda, apoyándose él en la pared con la palma derecha. Se pegará A lo suficiente como para introducir el pene en su vagina muy despacio, pero de forma continuada hasta quedar completamente anidado dentro de A, quien se habrá agarrado a su cuello.

18. De la misma forma que se introdujo en A, B volverá hacia atrás dejando en el cuerpo de A solo su prepucio, para volver

a entrar y salir tres veces más.

19. Tras la cuarta repetición, A se quedará encajada sobre B ejerciendo movimientos circulares sobre su pene, y este cogerá ahora también la pierna izquierda de A, quien enganchará ambas a la espalda de B. Si A sigue apoyando la espalda contra la pared, descansará parte de su peso en ella facilitándole así la tarea a B, quien pasará sus palmas por debajo de las nalgas de A y con ellas dirigirá los movimientos, para repetir el punto 18 en una secuencia de tres, muy despacio, y luego otras tres mucho más rápido.

20. Durante todo el proceso, desde el momento en que ambos acceden a la ducha, no habrán dejado de besarse. Ahora A dejará de apoyarse en la pared para descansar todo su peso en B, sintiendo así el pene todavía más profundamente dentro de sí.

21. Tras dichas repeticiones B, debe estar más que preparado para una pronta eyaculación, así como A para el clímax. Esto se percibe de varias formas: tanto A como B pueden haber llegado a un acuerdo y verbalizarlo; tanto A como B pueden emitir sonidos que lo anuncien; B deja escapar pequeñas gotas de semen anterior a la eyaculación; A deja escapar crema por la vagina. Se suele producir rigidez en todo el cuerpo, tanto de A como de B. El pene de B adquiere aún mayor tensión y uno o ambos testículos suelen moverse dentro del escroto. Los labios mayores de A adquieren un grosor máximo y se humedece más la zona. Si no se diera ninguna de estas circunstancias, se repetirán los puntos 19 y 20 hasta percibirlas.

22. A la percepción de lo descrito en el número 21, después de uno o varios avisos, se repetirá el número 19 de forma continuada, aumentando la rapidez y profundidad de movimientos a la vez que tanto A como B se volverán a besar profundamente. B notará una contracción en uno o ambos testículos y como sube el semen por el conducto seminal hasta dispararse en el interior de A. A notará que se tensan tanto clítoris como labios mayores y se producen convulsiones rítmicas y continuadas en el pene, el clítoris y la zona de la vulva mientras se logra el orgasmo.

23. Es importante que ambos estén preparados para el momento y así quedarse apoyados en la pared y concentrarse en su placer. A estará preparada para la recepción del semen y se

quedará sentada o casi, ejerciendo solo movimientos circulares con sus nalgas sobre B para que este pueda descargarse lo más profundamente posible dentro de A, de forma que aumente el placer de ambos y hasta asegurarse de que la eyaculación sea total. Esto es así cuando el pene se queda flácido y no hay más expulsión de semen. B deberá estar pendiente de las convulsiones de A y cuando estas disminuyan en intensidad y se espacien en el tiempo bajar él también el ritmo de sus movimientos para acompasarse al del orgasmo de ella y así prolongarlo al máximo.

24. Ambos sujetos se recostarán el uno contra el otro para recuperarse del paroxismo. A se mantendrá sentada sobre B aun estando su pene flácido, ya que puede darse alguna pequeña pérdida posterior de semen. Aun habiendo dejado de moverse, B también se mantendrá quieto, puesto que puede producirse alguna pequeña convulsión rezagada de A. Téngase en cuenta que el orgasmo de la mujer suele ser más prolongado que el del hombre. Tras recuperarse es el momento en que tanto B como A pueden ir hacia una nueva búsqueda de placer mediante otras prácticas sexuales o la repetición de la anterior.

Existen sujetos B, aunque son una minoría, cuyo pene no queda flácido tras la eyaculación y podrían proceder a un segundo coito o bien a otra técnica sexual. Existen sujetos A, aunque también son minoría, con capacidad multiorgásmica para las cuales sería necesario seguir siendo estimuladas y obtener así varios orgasmos posteriores.

Anotaciones, experiencias personales.

MATES Y BIO

Sonaba el teléfono desde hacía rato, debía de ser la sexta o séptima llamada que dejaba desatendida esa mañana. Bueno, más que desatendidas es que ni las oía de tan metido que estaba en sus cosas. No era consciente ni del tiempo que llevaba allí encerrado, ni de que llevaba días sin asearse y cambiarse de ropa. Menos aún de que estaba sobreviviendo a base de galletas saladas y las marranadas que sacaba de la máquina expendedora del pasillo. Estaba claro que si no fuera por su clave de acceso ilimitado, no habría comido ni bebido, pero aún así hubiera sido capaz de seguir trabajando.

Serían imaginaciones suyas, fruto del cansancio y la tensión, pero parecía como que los papeles en su mesa se estuvieran moviendo. Nada, que no, que no se movían, y entonces volvió a meter la nariz en el galimatías de fórmulas, probetas y tubos de ensayo que tenía por todo el laboratorio. De hecho había papeles desperdigados hasta en el cuartucho que hacía las veces de sala de asueto. Lo que antes había sido un sofá era entonces un guardapapeles de todo tipo.

Vamos, parecía que nadie en su sano juicio pudiera ser capaz de trabajar en semejante despliegue de sinsentidos. Sin embargo, él, aunque inmerecidamente, tenía fama de no estar muy en sus cabales.

Las limpiadoras ni se acercaban a esa zona de la segunda planta por el riesgo de salir trasquiladas. Pero, unos veinte días atrás, Raquel, la chica nueva —pobrecita ella—, había ido a limpiar ese laboratorio ateniéndose a las instrucciones válidas para todo el edificio.

Ya había recogido y apilado papeles, tirado todos los rotos y arrugados desparramados por el suelo, luego limpiado y desinfectado la superficie de las mesas de trabajo. Empezaba a fregar la sala grande cuando se sintió observada y le pareció oír un gruñido un tanto animal. Asustada, se giró pensando que quizás en ese laboratorio trabajaban con animales y que uno se había escapado.

Lo que vio al girarse fue el tío más apuesto con el que se había cruzado jamás. Grande, cuadrado, cuerpo de atleta, melena castaño-dorada de rizos rebeldes y unos enormes ojos azul marino que destellaban un fulgor mucho más que inquietante.

Se quedó trasfigurada por un instante, pero nada más reponerse del primer impacto se enfrentó a él y le espetó que por qué no le había avisado de que estaba allí, que por su culpa casi le había dado un síncope pensando que quizás se había escapado una fiera. Muy molesta añadió, además, que, si tenía intención de pasar, le iba a manchar todo lo ya fregado.

Rochel, el microbiólogo titular de ese laboratorio «un borde integral para el resto del mundo», se quedó obnubilado por ese pequeño ser pelirrojo que se había atrevido a poner en cuestión su autoridad. El rugido que tenía preparado quedó atascado en su garganta y se disolvió al mirarla a los ojos.

Sorprendido, vio que no le tenía ningún miedo y que estaba más bien cabreada. Para colmo, acabó de ganárselo cuando ella cuestionó duramente el orden del laboratorio.

—Pero en qué cabeza cabe no trabajar bien, hacer algo lógico y productivo en medio de este desorden. ¡El desorden llama al desorden!

—Usted perdone, señorita...

—Raquel, me llamo Raquel, y si me deja pasar, podré terminar tranquilamente mi trabajo a tiempo de coger el 32.

—¿El 32?

—Sí, el común de los mortales se tiene que mover en bus; no como algún que otro privilegiado, que se puede permitir el lujo de dejar su BMW X5 en la puerta.

—Oye, monada, eso no irá por mí, que sí que tengo un BMW, porque trabajo mucho, muchísimo...

—Ya, ya, no hay más que mirar a nuestro alrededor. Y hágame el favor de salir de en medio que... Pero por Dios, cómo se supone que debo limpiar esto si no se ve ni el color del sofá de todo lo que hay encima. Vamos, que a este paso no pillo ni el último bus. Me va a tocar pedir un taxi y dejarme la mitad del sueldo.

—Hagamos un trato: tú no me tocas los papeles, limpias sin mover las cosas y yo a cambio te acerco a casa.

—Bueno, pase por hoy, porque si no me dan las tantas, la verdad sea dicha; pero a partir de mañana se hacen las cosas como Dios manda.

—De eso nada, monada, tú limpias como yo te diga, hoy y siempre que toque. A cambio, como me suelo marchar tarde de todos modos, me comprometo a llevarte a casa al terminar tu turno.

La propuesta era de lo más tentadora, ya que así trabajaría menos, volver a casa le saldría gratis y encima llegaría antes que con el bus. De todos modos el aceptar o no aceptar siempre estaría en sus manos. Rochel, había dicho que se llamaba. Ella nunca había oído ese nombre, tendría que preguntarle de dónde salía.

—Bueno, ¿qué dices? Es un buen trato. Ganamos los dos, así que decídete antes de que me arrepienta.

—Vale, vale, pero primero le paso la mopa al saloncito y luego voy a cambiarme.

Rochel estaba loco por volver a sus fórmulas y asintió. En menos de un suspiro la tenía allí, apremiándole para que se marcharan. Iba con el más increíble de los vestidos. Le quedaba como un guante y marcaba cada una de las curvas de su cuerpo, porque, aunque pequeñita, era de lo más voluptuosa.

Por primera vez en años, o más bien en toda su vida, Rochel olvidó números, fórmulas y probetas. Estaba absolutamente obnubilado, cogió su chaqueta, las llaves del coche y la siguió, apagando tras de sí las luces del laboratorio, aunque se olvidó de su maletín y de cerrar el laboratorio con llave.

Una vez frente al edificio, abrió la puerta del BMW, esperó a que ella se sentara, se puso al volante y le preguntó a Raquel hacia dónde debían ir, y entablaron una rica conversación.

Ella descubrió que él había nacido un seis de septiembre y que por eso sus padres, seguidores de la **Cábala**, le habían llamado Rochel, el número sesenta y nueve de los setenta y dos ángeles que la componen. Aunque a él le podría parecer una burla, Raquel le confesó que su nombre de pila, que en hebreo significa la oveja de Dios, tenía que haber sido **Rachel**; pero, a la hora de la verdad, sus padres pensaron que la gente no lo sabría pronunciar, así que lo cambiaron por Raquel.

Lo cierto es que tenían tantas cosas en común que a partir de ese día apenas se separaron. Trabajaban el horario con estricto cumplimiento, aprovechando cada minuto, cada segundo que tenían para estar juntos. Raquel desempeñaba ese oficio de limpiadora solo por culpa de la crisis. Había sido muy buena estudiante, sobre todo en ciencias, y le gustaban mucho las matemáticas.

Lamentablemente, cuando tuvo que marcharse a cuidar de su madre, que se había roto un tobillo, su nuevo mundo se derrumbó porque Rochel había vuelto a las andadas...

—Pero, hombre, ¿te has visto?, ¿has visto el laboratorio? Esto es peor que una pocilga. ¡No te da vergüenza! Me tienes mortificada de miedo pensando que te ha pasado lo peor de lo peor. He venido saltándome todas las reglas del código de circulación y resulta que simplemente estás trabajando en medio de un desorden descomunal.

—No, Rachel.—Él sí la llamaba Rachel porque entendía la importancia de su nombre y lo pronunciaba bien—. Por fin sé por qué la curvatura del ADN está en el origen de la replicación. He estudiado en detalle el virus SV40, en el que hay una secuencia de poli-A que aporta una gran flexibilidad a la zona. Cuando el virus entra en la célula se produce el antígeno T que... Rachel, ¿qué haces?, pero ¿qué haces?

—¿Que qué hago... señor Rochel? Pues hago que calcules conmigo $\sqrt{25}+\sqrt{4096}$. No entiendo nada de virus cuarenta y antígeno de replicación...; bueno, replicación, replicación..., eso sí. Podemos replicar mi fórmula las veces que quieras...

El sonido de su voz, la fragancia de su cuerpo, toda ella tenía un poder hipnótico sobre él. Olvidó su hallazgo y la llenó de besos, a los que ella respondió. Eso acabó de encender la llama y el sofá recoge papeles se convirtió en eso, en sofá para acoger a Rochel y Rachel en un fogoso encuentro.

El ADN y su replicación, la importancia de su curvatura tanto en la replicación como en la unión de proteínas eran ahora parte de otra historia. La biología ahora tenía que esperar... ¡Ahora tocaba matemática aplicada!

Glosario

La Cábala: es una disciplina y escuela de pensamiento esotérico relacionada con el judaísmo. Utiliza varios métodos más o menos arbitrarios para analizar sentidos recónditos de la Torá, texto sagrado de los judíos al que los cristianos denominan Pentateuco y que representa los primeros cinco Libros de la Biblia.

Rachel: es un nombre femenino de origen hebreo que significa la oveja de Dios.

Rochel: es el ángel número sesenta y nueve de los setenta y dos de la Cábala.

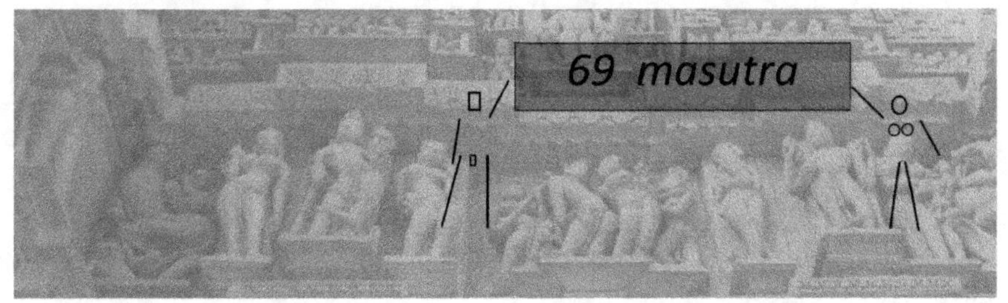

Condiciones 69 *masutra*

Producto: relación sexual.

Forma: felación, masturbación, *cunnilingus*.

Tipo: mutua.

Contenido:

—Sujeto A (A en el texto): mujer con lengua y manos hábiles. Activa.

—Sujeto B (B en el texto): hombre con capacidad eréctil, lengua y manos hábiles. Activo.

Lugar: cualquiera donde ambos puedan recostarse.

Ambiente: el que se preste.

Condiciones: tensión sexual suficiente como para obtener una erección tanto por parte de A (clítoris, entendido como micropene) como de B.

Posición: ambos sujetos estirados o de lado en posición frontal, pero en sentido inverso, de tal modo que los genitales del uno quedan frente a la boca del otro. En caso de escoger la posición estirada se sugiere que la mujer esté encima, puesto que normalmente pesa menos que el hombre. Esta posición permite también un mayor control de sus idas y venidas sobre el pene de él.

Objetivos:

—Obtener el orgasmo de A.

—Obtener el clímax de B mediante su eyaculación.

Efectos secundarios[3]:

—Según descarga, posible adormecimiento de ambos sujetos.

—Posible felación o *cunnilingus* a uno de los sujetos.

—Posible coito entre ambos sujetos.

---

3. Estos son solo algunos de los más frecuentes efectos secundarios, aunque se pueden dar otros.

Instrucciones *69 masutra*

Téngase en cuenta que las siguientes instrucciones o pasos a seguir no son más que una de las muchas propuestas que se pueden dar a fin de llevar a cabo un ***69 masutra*** entre hombre y mujer con garantía de éxito.

1. Habiéndose obtenido las condiciones adecuadas para el ***69 masutra***, con ambos sujetos estirados de lado y mirándose, se procede por parte de A a activar el pene en estado flácido de B mediante:
   - Leves mordiscos y suaves lengüetazos en los lóbulos de las orejas.
   - A la par se le acaricia con la punta de los dedos de la mano derecha el pecho. En caso de estar vestido se le retira la ropa en esa zona o se pasa la mano por debajo.
   - Se pone la palma de la mano izquierda en su muslo izquierdo y se proporcionan suaves caricias circulares alternando con el otro muslo, rozando la zona genital, pero sin llegar a tocarla. Se procede a hacer lo propio por parte de B hacia A, pero con la intención de activar los pezones y la zona genital.

2. Si la ejecución del punto número 1 es correcta, el pene de B deberá estar en fase de «alerta», es decir, debe empezar a inflamarse y perder su flacidez debido al flujo creciente de sangre al mismo. Sucederá igual con los pezones de A que se tensan y se vuelven turgentes, así como sus labios mayores que se engrosan y se oscurecen. Este es el momento en que tanto A como B deben acercar sus caricias hacia la zona genital del otro y simplemente posicionar la palma encima de ella, pero sin producir presión alguna. Si B lleva pantalón o ropa interior, A notará un abultamiento; si no la llevara, A no solo notará, sino que verá dicho abultamiento. En el caso de B; si A lleva pantalón o ropa interior, B notará un engrosamiento y cierto calor; si no la llevara, B no solo notará, sino que verá dicho engrosamiento a la vez que una cierta humedad en los labios mayores.

3. Ambos intensificarán los mordiscos y lametones hacia la boca del otro, quien probablemente busque darles respuesta. No se lo permita, jueguen con ese deseo redirigiéndose

hacia otra zona. Háganlo varias veces de forma simultánea hasta permitir confluir ese deseo y besarse profundamente.

4. A debe aprovechar para cerrar su palma sobre el pene de B (en caso de que llevara ropa es el momento de meter la mano por dentro y hacer contacto piel con piel). B a su vez pondrá la mano en forma de cuchara alrededor de la vulva de A (en caso de que llevara ropa es el momento de meter la mano por dentro y hacer contacto piel con piel).

5. Ambos sujetos masajearán los genitales del otro a base de rítmicas y suaves presiones de la palma.

6. Cuando la situación lo pida (y está claro que si el masaje es correcto será así), ambos sujetos se desnudarán de forma alternativa e intercalada a la par que irán profiriéndose suaves besos en las zonas que vayan liberando de ropa.

7. Una vez libres de ropa, ambos acariciarán con la mano derecha el pecho del otro con movimientos concéntricos en dirección al abdomen y hasta los genitales, presionándola de nuevo para volverlos a masajear como en el número 5.

8. A bajará la cabeza por el torso de B sin dejar de besarlo y lamerlo hasta llegar a la linde del vello púbico. Allí se detendrá y lo rodeará primero hacia el muslo derecho, que seguirá con la nariz y la punta de la lengua, para luego volver atrás y hacer lo propio hacia el muslo izquierdo. Para facilitar la ejecución es conveniente que se sostenga por las palmas, una a cada lado de las caderas de B, una vez llegue a la zona del vello púbico. Mientras A ejecuta este punto, B acariciará y besará la parte del cuerpo de A que le vaya quedando más cercana a la boca.

9. Al colocarse A sobre las palmas, B podrá coger la pierna de A más cercana a sí y hacer que esta la pase por encima de su torso, y colocarla de rodillas sobre su lado. De esta forma A quedará a cuatro patas, en sentido inverso frente a B, quien, por tanto, tendrá de él las nalgas de A, que acariciará con las palmas por medio de profundas caricias circulares.

10. B irá intensificando las caricias sobre las nalgas para luego coger a A por delante de las caderas y acercársela de forma que pueda lamer ambos mofletes alternativamente. Mientras, A pasará a lamer directamente los genitales de B empezando por debajo del escroto con movimientos circulares, acercándose paulatinamente al pene.

11. En este punto, el pene de B debe estar completamente rígido

y pulsante. A acariciará la su largura con la nariz desde su nacimiento hasta el prepucio y de vuelta hacia tras, repitiendo la operación cuatro veces. B a su vez enterrará la nariz entre ambos mofletes de A y lamerá la zona con movimientos circulares, sin girar la cabeza.

12. A repetirá el punto anterior, pero esta vez con la lengua, mientras B hará lo propio, pero entre la zona del perineo y la vulva.

13. En la cuarta repetición, A terminará en el prepucio, abrirá la boca a su alrededor, pero sin tocarlo, y exhalará sobre él. B meterá la punta de la lengua en la vulva de A y la moverá hacia delante, en dirección al clítoris, a cuyo contacto se parará y exhalará sobre la zona, pero sin ejercer presión.

14. A obtendrá un movimiento de pulsión en el pene, cerrará entonces la boca suavemente sobre el prepucio procurando tener los labios por delante para no dañar a B con los dientes. B notará cierta tensión en los muslos y la zona de la vulva de A; aproveche para rodear el clítoris con la boca, procurando tapar los dientes con los labios para no dañar a A con ellos.

15. Para A: baje y suba con la boca muy lentamente, tres veces, hasta el nacimiento del pene. En caso de que fuera físicamente imposible llegar a él por el tamaño del falo, siempre puede ladear un poco la cabeza de forma que este termine de entrar en su mejilla y no hacia su glotis, cuestión que le produciría unas inoportunas náuseas. Para B: pasee la lengua muy lentamente, tres veces, de forma lateral y luego circular por el clítoris de A, para luego introducirla entre los labios menores lo más profundamente posible y succionar toda la vulva.

16. Tras el tercer paseo, volverán al número 9 para repetir los pasos hasta el número 15. En este punto, al colocar la boca, A sacará ligeramente la lengua y ejercerá presión sobre el conducto seminal de B, quien, y solo si viera que A lo agradece, dice, asiente, emite sonidos placenteros, introducirá el índice derecho por debajo de la lengua en su vulva y lo moverá de dentro a fuera de forma suave pero rítmica, mientras succiona la misma.

17. Ambos sujetos repetirán el número 16, pero ejerciendo pequeños movimientos circulares con la lengua sobre el conducto seminal de B, mientras pasea por el pene en el caso de A.

18. En este punto, quizás A ejercerá presión sobre todo el pene

de B. Para ello podrá imprimir un movimiento de succión con la boca y B a su vez masajear la zona del perineo de A con el dedo corazón de la mano derecha, con movimientos circulares.

19. Al terminar la primera secuencia de tres paseos, repetirán los números del 9 al 18, a cuyo final B deberá estar más que preparado para una pronta eyaculación, así como A para el clímax. Esto se percibe de varias formas:

    • Tanto A como B pueden verbalizarlo, pueden llegar a un acuerdo para ello.

    • Tanto A como B pueden emitir sonidos que lo anuncien.

    • El pene de B puede dejar escapar pequeñas gotas de semen anterior a la eyaculación. A puede dejar escapar cierta crema por la hendidura vaginal.

    • Se suele producir rigidez en todo el cuerpo, tanto de A como de B.

    • El pene de B adquiere aún mayor tensión que hasta el momento, y uno o ambos testículos suelen moverse dentro del escroto. Los labios mayores de A adquieren un grosor máximo y se humedece toda la zona. Si no se diera ninguna de estas circunstancias, repetirán las secuencias anteriores hasta percibirlas.

20. A la percepción de lo descrito en el número 19 (uno o varios avisos), repetirán el número 18 de forma continuada, aumentando el ritmo y la presión hasta notar, en el caso de B, (se percibe movimiento en el conducto seminal) como sube el semen por el conducto seminal y se dispara en la boca. En el caso A, se notará cómo se tensan tanto el clítoris como los labios mayores y convulsiones, rítmicas y continuadas, tanto del pene como del clítoris y la zona de la vulva mientras se produce el orgasmo de ambos.

21. Es importante que A esté preparada para la recepción del semen y vaya tragando conforme va entrando en la boca. Reducirá el ritmo de sus movimientos, pero no dejará de pasear por el pene hasta asegurarse de que la eyaculación sea total. Esto es así cuando el pene se queda flácido y no hay más expulsión de semen. B deberá estar pendiente de las convulsiones de A y, al ir disminuyendo estas en intensidad y espaciándose en el tiempo, bajará el ritmo de sus movimientos para acompasarse al del orgasmo de ella y así prolongarlo al

máximo.

22. A mantendrá el pene unos segundos en su boca, amamantándose de él aun estando flácido, puesto que puede darse alguna pequeña pérdida posterior de semen, y con ello da cierto margen a B para recuperarse del paroxismo sin preocuparse por manchar nada. B mantendrá la vulva de A en su boca aun habiendo dejado de moverse, puesto que puede producirse alguna pequeña convulsión rezagada. Téngase en cuenta que el orgasmo de la mujer suele ser más prolongado que el del hombre.

23. A puede recostarse sobre el torso de B y así descansar la tensión en sus brazos mientras libera el pene, besa suavemente la zona genital a su alrededor y acaricia los muslos de B. A pasará también una pierna hacia un lado del torso de B, este girará la cabeza en su dirección y la descansará entre los muslos de A.

24. Este es el momento en que tanto B como A pueden ir hacia una nueva búsqueda de placer mediante otras prácticas sexuales o la repetición de la anterior.

Existen sujetos B, aunque son una minoría, en los que el pene no queda flácido tras la eyaculación y se podría proceder a una segunda felación o bien a otra técnica sexual. Existen sujetos A, aunque también son minoría, con capacidad multiorgásmica para las cuales sería necesario seguir trabajándolas y obtener así varios orgasmos posteriores.

Anotaciones, experiencias personales.

EL BAÚL

—Lo tienen claro, ¿verdad? Tienen ustedes cinco minutos para mirar, sin acceder al trastero, sin tocar, sin enfocar o alumbrar con ningún tipo de linterna.

—Entendido, de acuerdo.

—La puja empezará en cuanto hayan pasado todos por delante del box. Dada la temperatura más que invernal, les recuerdo que cuanto antes pasen, antes empezaremos y acabaremos.

Una vez al año se subastaba el contenido de los trasteros abandonados o aquellos cuyo alquiler se había dejado de pagar.

Los Aulanier estaban especializados en la venta de productos procedentes de subasta en **Île-de-France**. Como siempre, habían hecho los deberes procurando obtener el máximo de información sobre a quién había pertenecido y qué podría contener ese trastero en particular. No habían conseguido saber gran cosa salvo que lo había alquilado una tal Oona O'NC y que era uno de los pequeños, pero con altillo.

No solían trabajar en Suiza, pero algo le decía a Simon que en esos trasteros de **Vevey** podían hacerse con algún que otro tesoro, que esta sería una de esas ocasiones soñadas. Como expertos en la materia, y tras vislumbrar algo que parecía un baúl o quizás una especie de contenedor bajo y una raída pero costosa lona, Lilly y él decidieron pujar por el trastero.

Hacía un frío del carajo, así que el subastero fue al grano. En un visto no visto, los Aulanier, que por supuesto habían ganado la puja, tenían entre sus manos el título de propiedad.

Solo quedaban un par de horas antes de la caída de la noche, así que Lilly empezó a curiosear mientras Simon iba a por el camión para poder cargar sus nuevas pertenencias. Según el contrato, debían estar fuera de allí ese mismo día.

—Simon, esto está lleno de todo tipo de atrezos, cortinajes antiguos y juguetes. No acabo de entender muy bien a qué nos enfrentamos, pero está claro que debía de ser alguien un poco bohemio.

—Lilly, tenemos que cargar, no hay tiempo para pormenores, se nos echa el tiempo encima.

—Vale, vale, pues te voy bajando lo del altillo. Sabes, lo de debajo de la lona es efectivamente un baúl, pesa tanto que hará falta el *transpalet* para sacarlo. Si te parece, lo dejamos para lo último y así, al llegar al almacén, lo sacamos el primero.

A la mañana siguiente, ya en su propio almacén y con más tranquilidad, se dedicaron a examinar lo que habían comprado. Como casi siempre la intuición de Simon había sido acertada y encontraron toda clase de tesoros.

El baúl contenía viejas latas de película, todas llenas. Estaba claro que debían llevárselas a algún experto que realmente supiera del tema. Decidieron donarlas a la famosa asociación CineFilm. Al poco tiempo, recibieron una llamada en la que se les invitaba a una proyección privada. Asistieron encantados, por supuesto.

—Sabes, Simon, nunca pensé que nos veríamos aquí, en una sala de proyección como esta. Jamás se me hubiera pasado por la cabeza que todavía hubiera locos enamorados del cine de verdad, de los que disfrutan restaurando material tan viejo como el que encontramos en el baúl.

—Mira, mira, Lilly, que ya empieza.

—Fíjate como suena, igualito que cuando éramos jóvenes e íbamos a pasar la tarde de los jueves al pequeño cine de Corsier. Simon. Ves como sí que era buena idea regalar el contenido del baúl a CineFilm, aunque solo sea por recordar viejos tiempos.

—Lilly, no me lo puedo creer ¿Estás viendo lo que yo veo? ¿De verdad es Charles, Charles Chaplin? Parece una escena del final de *Tiempos Modernos*, cuando Charles se marcha por la carretera hacia el horizonte...

—Simon, Simon, despierta. Son las ocho ya y tenemos que ir a la Cinémathèque.

—¿La Cinémathèque, la **Cinémathèque française**? ¿Qué dices? Querrás decir CineFilm.

—¿CineFilm? ¿De qué hablas? Nos han llamado de la Cinémathèque. Tenemos que ir a Rue de Bercy a recoger la película que les entregamos el otro día. La han visionado y no tiene ningún valor. No hemos tenido la suerte de **Paul Gierucki**. Lo que estuvimos hablando anoche de que a él le había tocado la lotería al comprar esa lata de películas viejas, pues esa lotería no nos ha tocado a nosotros. Pero da igual, lo que había en el box del trastero de **Nanterre** ha valido la pena.

—También ha valido la pena lo que soñé esta noche, lo pasé bomba con Charlot.

—Pues tendrás que contarme tu película. A ver si es una parte inédita de la historia del cine mudo al que somos tan aficionados.

—Eso, eso, como nuestro buen amigo Karl Otto. ¿Te acuerdas de él?

—Claro, ese alemán grandullón a quien habíamos arrendado la **chambre de bonne**, arriba en las golfas, cuando vivíamos en Boulevard Malesherbes. Se había mudado de Hamburgo a París para su particular inmersión lingüística y por eso iba tanto al cine. Parecía algo tímido, pero solo hasta el tercer *pichet* de tinto.

—Y cómo nos partimos de risa cuando relató su gran hazaña de estudiante en Londres allá por los 80. Una tarde, sobre las siete, se había sentado muy hambriento en la penúltima fila de un cine en el **West End**, al lado de una inglesita desconocida pero muy receptiva. Después de la primera tanda, retiró la izquierda de aquel rinconcito tan cálido y acogedor y le conminó en tono auténticamente ario: «*Go against the wall*». La otra, encantada, se movió unos diez asientos hasta el último de la fila, contra la pared.

Mas, después de la tercera tanda, ella suplicó: «*Give me a rest, please*», porque la zurda del teutón seguía y seguía debajo de la falda.

Y no te lo pierdas, terminada la sesión, Karl Otto fue a lavarse las manos en la cercana fuente de **Picadilly Circus**.

—Para, Simon, para, que me estoy meando de la risa. Nunca podré agradecerte lo suficiente el aficionarme al séptimo arte gracias a todas las tardes que pasamos juntos en aquel viejo cine de **Montmartre**. Eramos jóvenes, estudiantes y algo más que un poco bohemios. Veíamos las pelis a ciegas, allá atrás en la fila de los mancos, haciendo encaje de bolillos con nuestras manos, bocas y demás.

Gracias a ello amo tanto el cine.

Glosario

Île-de-France: isla de Francia. Se la conoce también como Region Parisienne. Constituye el área metropolitana de París y la propia ciudad. Es la región más poblada de Francia, con alrededor de doce millones de habitantes.

Vevey: ciudad suiza sede de la multinacional Nestlé, situada a orillas del lago Léman o lago de Ginebra.

Cinémathèque française: la Cinemateca o Cineteca francesa fue fundada en 1936. Colecciona, conserva, restaura y da a conocer el patrimonio cinematográfico mundial. Es una asociación privada con sede en el distrito XII de París, aunque financiada principalmente por el Estado francés. Desde 2005 ocupa un edificio moderno construido por Frank Gehry.

Paul Gierucki: productor, director, conservacionista e historiador de cine. En 2010 compró una lata de películas antiguas con la marca Keystone en una feria de antigüedades de Michigan (EE. UU.). Cuando al cabo de unos meses decidió mirarlas, descubrió una comedia de diez minutos rodada en 1914 por Mark Sennet e interpretada por Charlot. A *Thief Catcher* (cazador de ladrones). Ni siquiera constaba en la filmografía de Charles Chaplin.

Nanterre: es una ciudad francesa de unos 87.000 habitantes, situada en la región Île-de-France a unos cuatro kilómetros al oeste de París.

Chambre de bonne: habitación de la sirvienta en un edificio de clase media alta. Suele hallarse en las golfas y ser accesible por una escalera de servicio.

Pichet: jarra.

West End: a pesar de su nombre (punta del oeste) es la zona central de la gran ciudad de Londres, ya que aquí se concentran gran parte de las principales actividades metropolitanas.

Picadilly Circus: es una intersección de calles con una gran fuente en el centro del mismísimo corazón del West End.

Montmartre: colina de 130 metros de altura, coronada por el Sacré-Coeur (la basílica del Sagrado Corazón) desde la que se domina la ciudad. Ese barrio de la Ville Lumière (ciudad de la luz) fue cuna de los pintores impresionistas y de la bohemia parisina en la segunda mitad del siglo XIX.

Condiciones *Cine masutra*

Producto: relación sexual.
Forma: estimulación manual y oral, masturbación.
Tipo: mutuo.
Contenido:
—Sujeto A (A en el texto): mujer con lengua y manos hábiles. Activa o pasiva.
—Vestido o falda acampanada con apertura lateral sobrepuesta y medias. Pantalón no.
—Sujeto B (B en el texto): hombre con capacidad eréctil, lengua y manos hábiles. Activo o pasivo.
—Pantalón de cremallera e irá de comando, sin ropa interior.
—Ambos llevarán chaqueta o abrigo acorde a la época del año.
—Paquete toallas húmedas para limpiar semen.
Lugar: sala de cine (recuerden que practicar sexo en público es un delito y está penado por la ley).
Ambiente: película oscura con poco color y baja luminosidad que dé pie a arrumacos. Momentos de penumbra mayoritarios.
Condiciones:
—Tensión sexual suficiente como para obtener una erección, tanto por parte de A (clítoris, entendido como micropene) como de B.
—No escoger el día del estreno ni una sesión muy concurrida.
Posición: ambos sujetos sentados en butacas de la sala.
Objetivos:
—Obtener el clímax de A mediante su orgasmo.
—Obtener el clímax de B mediante su eyaculación.

Efectos secundarios[4]:

—Según descarga, posible adormecimiento de ambos sujetos.

—Querer más sexo.

Contraindicaciones:

—No tener acceso a una sala de cine.

—Falta de capacidad para estar en silencio durante la relación o hablar en cuchicheos y no molestar a otros espectadores.

---

4. Estos son solo algunos de los más frecuentes efectos secundarios, aunque se pueden dar otros.

Instrucciones *Cine masutra*

Téngase en cuenta que las siguientes instrucciones o pasos a seguir no son más que una de las muchas propuestas que se pueden dar a fin de llevar a cabo un *Cine masutra* entre hombre y mujer con garantía de éxito.

Habiéndose obtenido las condiciones adecuadas para el *Cine masutra*: escoger un lugar relativamente aislado en la sala; no la fila central, al lado del pasillo o una fila llena.

1. Ambos sujetos se sentarán uno al lado del otro; uno, en el último asiento al lado de la pared, procurando que no esté ocupado el tercer asiento, donde dejarán su chaqueta, bolso u objeto que impida que se siente alguien directamente al lado.
2. Cuando la película haya empezado y la gente esté inmersa en ella, ambos sujetos se acercarán entre sí, seguirán mirando al frente y reposarán sus cabezas en el otro. Es conveniente deslizarse en los asientos con la cabeza por debajo del final del respaldo para no molestar a los espectadores de atrás.
3. El sujeto B depositará besos continuados a lo largo del cuello y el lóbulo de la oreja de A que le quede más cerca. Aquí B estará sentado al lado de la pared y A, en el segundo asiento. Será por tanto el lóbulo derecho. A se dejará hacer y se mantendrá pasiva.
4. Tras el tiempo que se crea oportuno, A bajará la mano derecha y posicionará su palma sobre el muslo izquierdo de B mientras este sigue besándola.
5. A abrirá bien la palma acercando su dedo meñique a la ingle de B y friccionará con él hacia delante y hacia atrás el pliegue entre la ingle y la pelvis.
6. Para B es el momento de intensificar los besos a mordiscos y lametones moviéndose por el cuello de A hasta llegar a su boca, y allí esperará la respuesta de A. Para el sujeto A es el momento de girar la cabeza hacia la boca de B, quien buscará besarla. No se lo permitirá, jugará con ese deseo redirigiéndose hacia otra zona. Lo hará varias veces hasta permitir confluir ese deseo y besarse aunque sin abrir sus bocas. Simultáneamente, debe aprovechar para colocar ahora toda su palma derecha sobre la zona genital de B. A pesar del mo-

mento, no está de más pasar una chaqueta por encima de los muslos de B, evitando así miradas indiscretas.

7. Una vez esté la palma encima de los genitales de B, A la mantendrá quieta unos segundos para luego emitir pequeñas presiones sobre ellos, pero sin llegar a cambiar sustancialmente su posición. B ahora sí que besará en la boca a A. Se abrirá paso con la lengua y le circundará los dientes para luego esconderla y mordisquearle a A la suya.

8. Dejarán de besarse para B posicionar su palma izquierda sobre el muslo derecho de A, buscando la apertura de la falda o vestido que ella lleve para hacer contacto piel con piel o, como mucho, con las medias si esta llevara. Una vez hallado ese tacto, B deslizará su palma más hacia la entrepierna de A, pero sin llegar al pubis, y allí la dejará quieta.

9. B ejercerá ligeras presiones sobre el muslo acercando, ahora sí, la mano poco a poco al pubis de A. Cuando la distancia lo permita alargará el meñique y lo posicionará por encima del monte de Venus de A, haciendo pequeños círculos con él mientras sigue presionando sobre su muslo con el resto de la mano.

10. A, cuya palma seguirá sobre los genitales de B, empezará también a ejercer ligeros y rítmicos movimientos circulares sobre ellos.

11. Durante todo este proceso ambos seguirán besándose, aunque de forma suave y lenta, imprimiendo mayor contundencia al uso de sus manos.

12. A notará que el pene de B adquiere rigidez y se tensan sus testículos. Pasará su mano por dentro del pantalón de B y bajará su cremallera. Cuidado con pellizcarle. Dejará la palma descansar en ellos.

13. Tanto A como B dejarán de besarse y girarán sus cabezas hacia la pantalla, descansando uno sobre los hombros del otro para «ver la película» y así concentrarse exclusivamente en su trabajo manual.

14. B se aventurará con el meñique más abajo del monte de Venus, hacia el nacimiento del clítoris. Allí se quedará quieto y besará a A en el cuello. A dejará también de mover su mano sobre B y simplemente la mantendrá encima transmitiendo su calor y su deseo a través de ella, dejando que B se afane con su cuello.

15. Tras un par de minutos, A cerrará la mano alrededor del

pene de B, firmemente, pero sin apretar, y hará un par de movimientos hacia atrás y hacia delante para luego quedarse quieta, pero manteniendo la mano a su alrededor.

16. Entonces B, cuyo meñique está al pie del clítoris, que estará tenso y rígido, paseará este por encima un par de veces hacia delante y hacia atrás para luego, con el resto de la mano, dibujar muy lenta y suavemente cinco círculos sobre la zona genital.

17. A responderá a ello volviendo a ejercer presión sobre el pene de B y moviendo la mano hacia el prepucio, en cuya raja incidirá con la punta de la yema del dedo gordo, que moverá con firmeza y en círculos tres veces hacia la derecha y tres hacia la izquierda.

18. Del mismo modo, B aprovechará para hacerse sitio entre los abultados labios mayores de la vulva de A (cuidado con no dañarla con las uñas), y con la mano plana insertará la punta de los dedos para acariciarla en dos series de cinco, de arriba abajo, rítmica y suavemente; primero presionando hacia los labios derechos y luego, los izquierdos. Llevará la mano desde el nacimiento el clítoris hasta el perineo y de vuelta al inicio.

19. En este punto B repetirá el punto anterior, pero a la vez que sube y baja ejercerá también movimientos hacia dentro y hacia fuera de la vulva procurando que su dedo gordo quede fuera y vaya tocando la punta del erguido clítoris.

20. Mientras B trabaja hacia dentro y hacia fuera de la vulva de A, esta ejercerá un movimiento suave de pulsión sobre el pene de B a la vez que teniéndolo rodeado con su mano se moverá muy despacio, suave y rítmicamente, hacia arriba y hacia abajo en tres secuencias de dos repeticiones.

21. En este punto toda la zona genital de A deberá estar tensa y engrosada, cuestión que B notará por la humedad en sus dedos, la rigidez en el clítoris y una mayor retención de su mano debido al engrosamiento de los labios mayores alrededor de sus dedos. B sacará los dedos del interior de A y pondrá la mano en forma de cuchara sobre la vulva y alrededor del clítoris, sobre el cual ejercerá interior de A y pondrá la mano en forma de cuchara sobre la vulva y alrededor del clítoris, sobre el cual ejercerá una ligera presión con el dedo índice a la vez que lo moverá rítmicamente de derecha a izquierda en una secuencia de cinco repeticiones, y luego se

detendrá sobre la zona unos treinta segundos.

22. Durante este tiempo A aflojará la presión sobre el pene de B, pero no dejará de moverse hasta que B, al término del punto número 21, le susurre que se esté quieta y se concentre e sus propios genitales para así disfrutar mejor de un incipiente orgasmo, que B provocará con los mismos movimientos que en el número 21, pero trabajando de forma más rápida, con más presión y continuada, hasta sentir como A se tensa y se deja llevar por el clímax. B deberá estar pendiente de las convulsiones de A y, cuando estas disminuyan en intensidad y se espacien en el tiempo, bajará el ritmo de sus movimientos para acompasarse al del orgasmo de ella y así prolongarlo al máximo.

23. Tras este punto A retomará entre su mano el pene de B y, al igual que este hizo con A, volverá a ejercer un movimiento de pulsión encima, aunque con más presión; teniéndolo rodeado, se moverá cada vez más rápido y rítmicamente hacia arriba (prepucio) y hacia abajo (testículos) hasta que note como el pene se tensa todavía más y uno o los dos testículos se mueven dentro del escroto.

24. Llegado a este punto A tendrá a mano una toallita, que cogerá con la mano izquierda para cubrir con ella el prepucio de B (pero con cierta holgura, sin presionarlo) para recoger el semen que eyacule durante el orgasmo al término del punto número 23. Procuren siempre tener en cuenta la duración de la película y así calcular el tiempo que puedan dedicar a esta sesión de sexo mutuo. ¡A nadie le gusta quedarse a medias!

Anotaciones, experiencias personales.

acostaars@outlook.es

www.tiendaoficialacostaars.esy.es

Facebook ACOSTAarsEditorial

Twitter @AcostaArs

Instagram @acostaarseditorial

Youtube Canal ACOSTA ars

Wordpress www.acostaskitchen.com